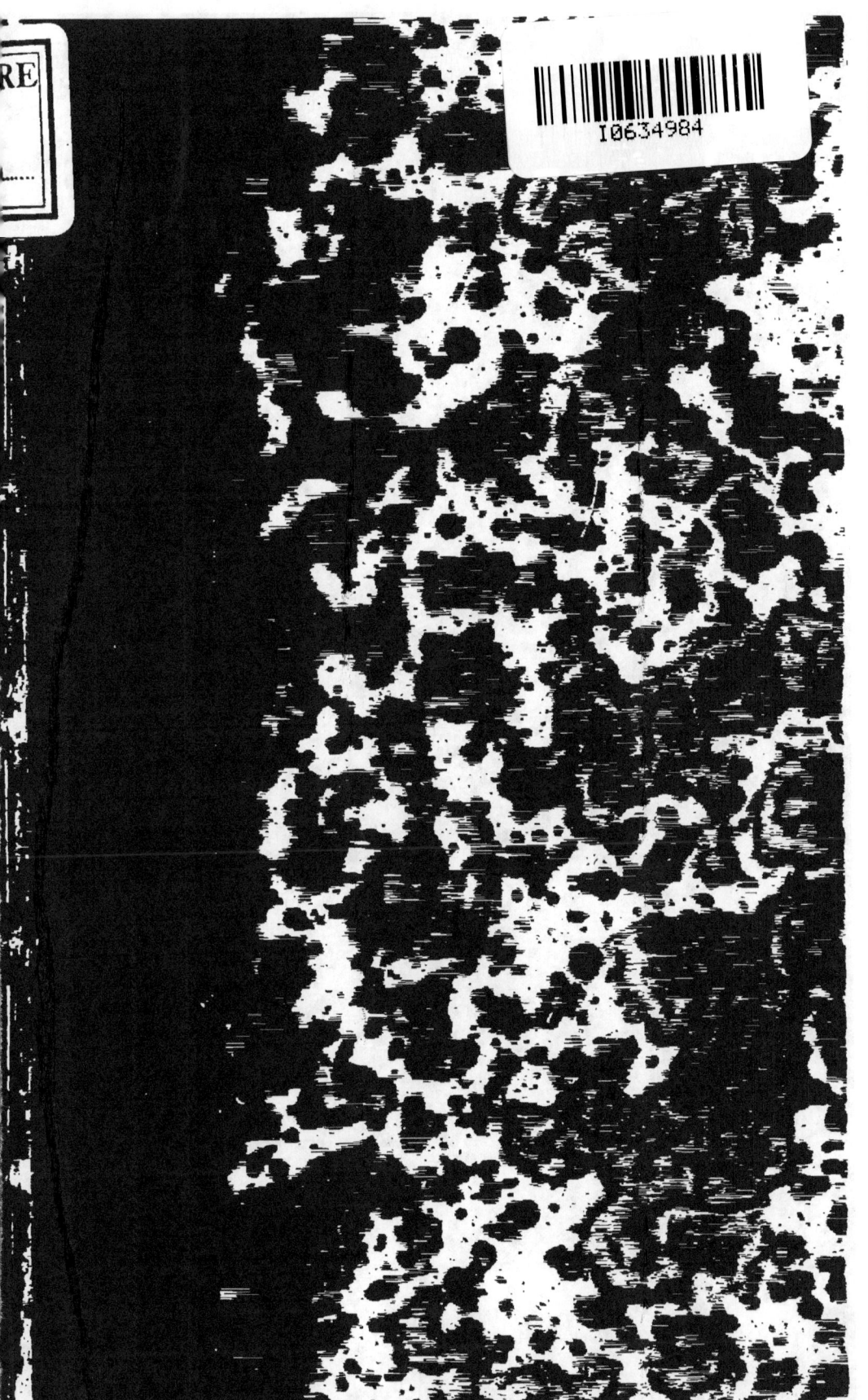

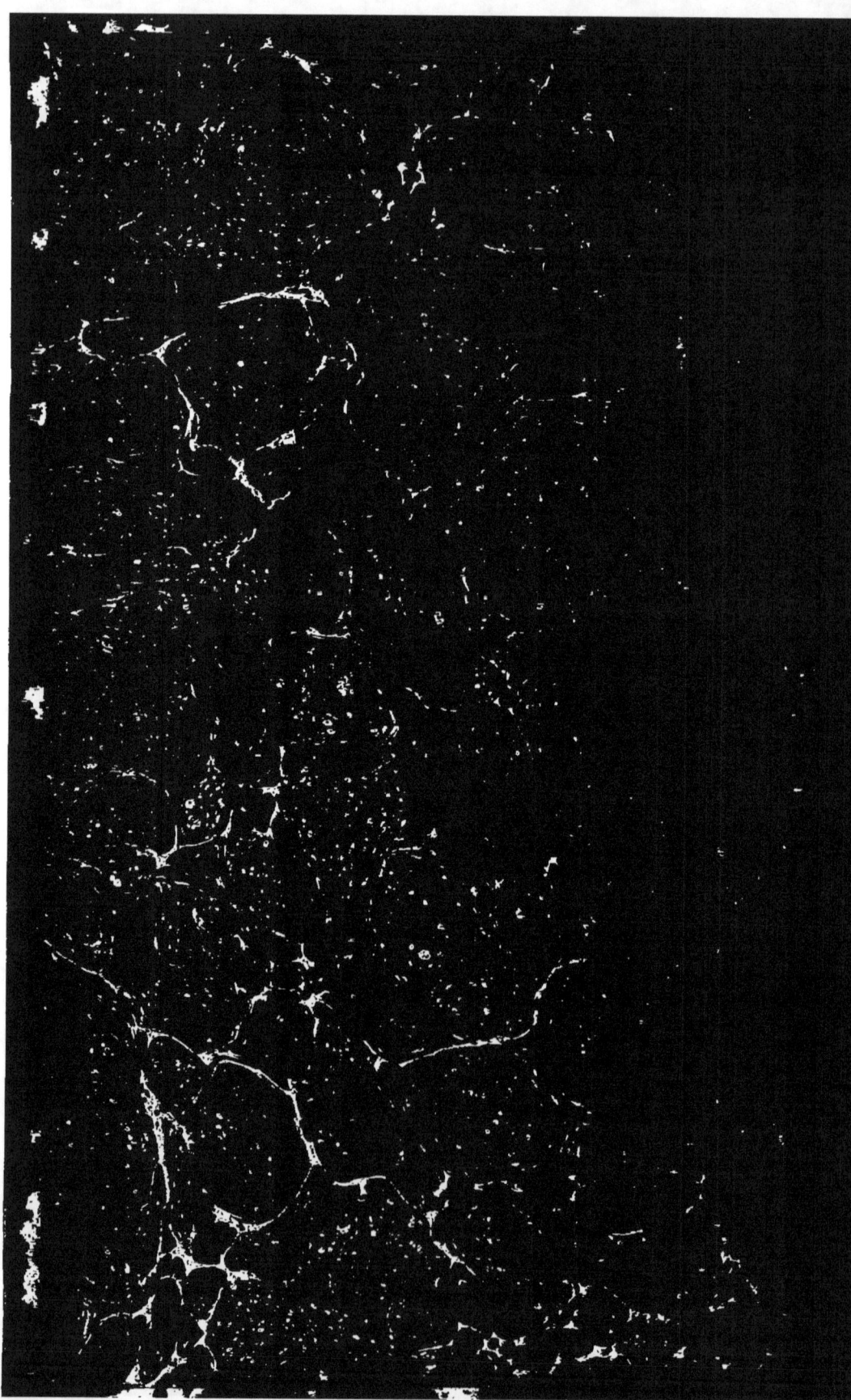

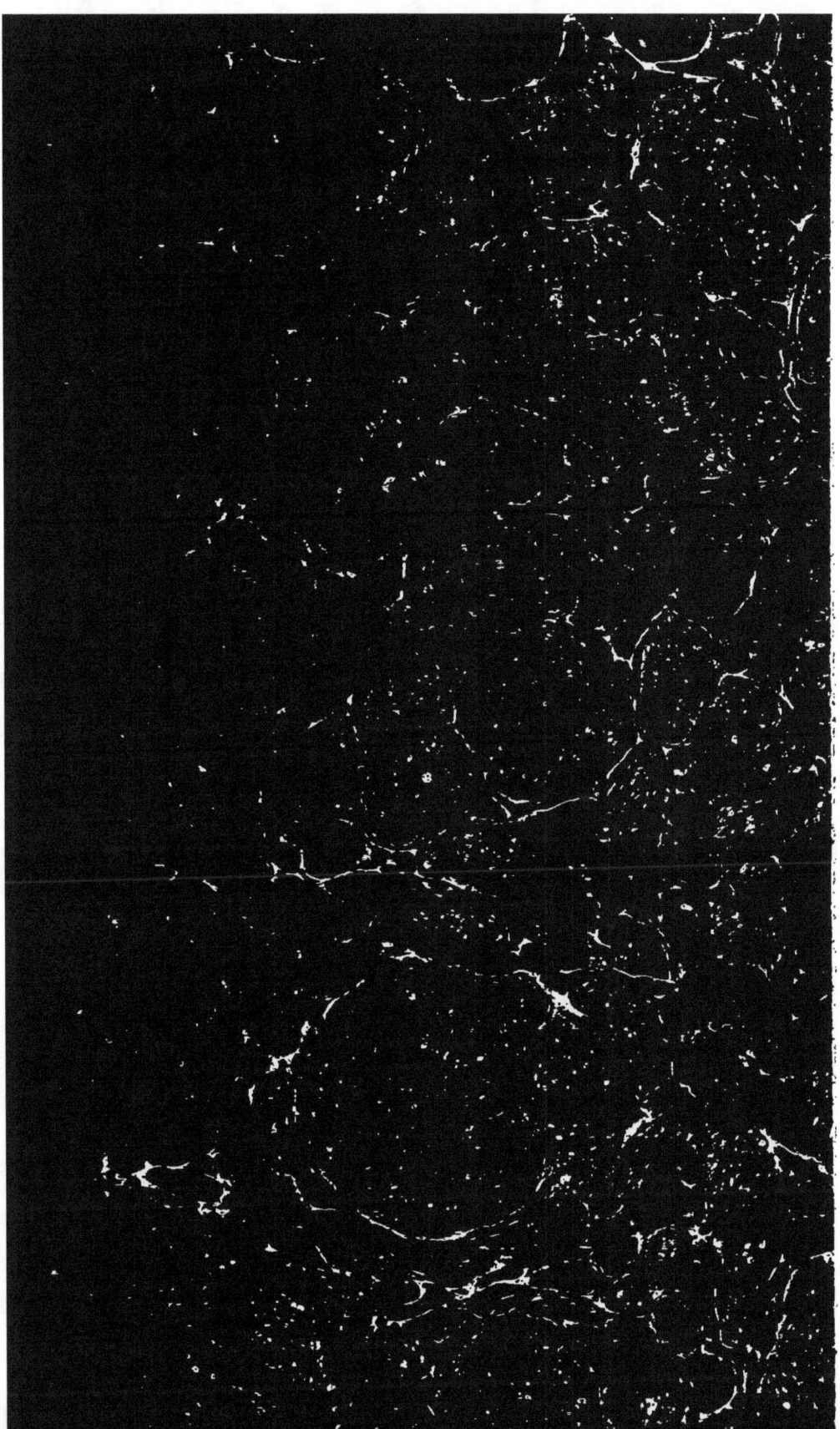

LETTRES

CRITIQUES, MORALES ET POLITIQUES

DE

MR. LE COMTE

MAXIMILIEN DE LAMBERG.

PREMIERE PARTIE.

Quand l'arbitre fuprême enfanta le genie;
De fon propre ouvrage étonné,
Et fur fon nóble front de flâme environné;
Il ecrit: fois illuftre & fois infortuné.
Gloire, amour, amitié, vous êtes des menfonges;
Tous vos tourmens font vrais, vos faveurs font
des fonges.

LE MARQUIS DE PEZAI.

A Amfterdam,
M. DCC. LXXXVI.

A MONSIEUR CHRETIEN COMTE DE STERNBERG, CHAMBELLAN, CONSEILLER INTIME D'ETAT ACTUEL DE S. M. I. . . .

MONSIEUR,

La lettre, que j'écris à Votre Excellence, en lui annonçant mon ouvrage, n'eſt point une de ces piéces bannales, faite pour quêter le ſuffrage d'un protecteur; je n'ai eu d'autre but, en l'écrivant, que de donner, au peu de Lecteurs ſenſibles, une idée vive

)(2

& réelle de cette émotion électrique que l'on reffent, quand on a eu le bonheur de puifer dans votre esprit, d'agiter votre coeur, d'y lire comme moi peut-être.

Permettre que cet ouvrage paroiffe fous vos aufpices, c'eft prévenir le public en fa faveur. Un accueil auffi favorable de votre part, Monfieur, excite ma fenfibilité; l'étendue de ma reconnoiffance égale le refpect avec lequel je fuis,

MONSIEUR,

De votre Excellence,

Le très humble, & très obeiffant ferviteur,

Brunn ce
1786.

MAX. LAMBERG.

L'auteur du manuscrit, que j'ai entrepris de mettre au jour, est trop connu dans la république des lettres & d'une maniere trop avantageuse; pour que j'aie béfoin de faire ici fon éloge. Son amour pour les fciences lui fait d'autant plus d'honneur, qu'il eft entierement défintereffé; & qu'il n'a d'autre but que la gloire ou le penchant de fon cœur. Effectivement; fa naiffance, fes dignités, fes occupations femblent être autant d'obftacles pour l'étude des lettres; &, comme fes réfléxions & fes remarques font fouvent interrompues par les devoirs de fon état & par les converfations de fes amis; il ne faut pas s'étonner, fi fes penfées paroiffent quelquefois détachées & n'ont pas de liaifon immédiate les unes avec les autres. Cependant ceux, qui voudront les éxaminer de près, s'apercevront facilement qu'elles tendent au même but, & remarqueront, dans les écrits de ce galant homme, un discernement sur, beaucoup de vivacité, une pénétration singuliere, une inclination bienfaisante & un ton de gaité, qui embellit les sujets les plus simples & les plus sérieux. Je ne prétens pas, au reste, aller au devant de l'aprobation du Lecteur C'est à lui de decider si ce livre mérite son sufrage, & s'il peut lui faire passer quelques heures agréables, avec utilité. Mon but est seulement de lui faire connoître les réfléxions d'un savant sans vanité, d'un patricien sans orgueil, d'un écrivain sans prétention ; &, plus que tout cela, d'un ami sincere & d'un philantrope éclairé.

P. L. de B.

Damnofa quid non imminuit dies;
Ætas parentum pejor avis tulit :
Nos nequiores, mox daturos
Progeniem vitiofiorem.

HORATIUS.

DESSEIN DE CE LIVRE.

La pareffe eft comme la béatitude de l'âme, qui la confole de toutes fes pertes, & qui lui tient lieu de tous les biens; elle triomphe de l'homme, & ufurpe fur tous les deffeins, fait un homme libre d'un efclave, fouvent un homme heureux, par la privation du bonheur même.

Douce pareffe! maitreffe de mes fentimens, de mes interêts, de mes plaifirs, charme fecret de l'ame; c'eft toi qui fufpends tous mes maux, quand tu parois; & qui ne viens jamais plus à tems, que chèz le malheureux, dont l'inclination eft le bien; la feule béatitude, qui lui reste peut-être ! C'est la paresse, qui tempere mon extrême penchant pour l'étude. Disposé à dire des vérités désagréables aux hommes, elle m'empêche de les écrire ; & je ne me dérobe à l'engourdissement, auquel je tiens, que dans l'espoir d'en revenir à ma chere paresse.

C'est à elle que je dois l'idée d'un dessein, qui me conservera mes corre-spondants, & qui me donnera le plai-sir de satisfaire mon apathie ; en ne saisissant la plume, qu'en vrai pares-seux, toutes les fois que mes réfléxions l'emporteront sur la triste nécessité de n'en point faire du tout ; je serai dès lors moins heureux, mais plus content de moi ; & cela invite à la paresse

Entre plusieurs inconveniens, at-tachés au mécanisme épistolaire reçu en Europe ; les personnes, qui chargent la poste de leurs exploits épistolaires, sont souvent dans le cas de trop dire, ou de n'en pas dire assez ; de confier leurs lettres à des Sécrétaires peu ſecrets, de fournir aux curieux une excuſe de mal faire, d'ajouter, de retrancher, ou de copier pluſieurs articles, de raturer des lignes entieres &c. Je ne finirois point, ſi je remontois à tous les incon-veniens des méthodes reçues, & à tous les avantages, que préſente la mienne.

(—) J'écris à différentes repriſes, ſur des cédules ſêparées, qui ſe trouvent ſous ma main, tout ce que je crois de-voir dire à mon correſpondant.

(⸗) Je mets à chaque cédule, ſui-vant la nature du ſujet, une marque quelconque, qui me ramene aux matie-res, dont traite ma lettre; par ce moyen, j'évite la battologie uſuelle, à laquelle on ſacrifie volontiers, dès qu'il s'agit d'agencer un ſujet à un autre indé-pendant du premier.

(⊥) J'omets & j'épargne les in-titulations, qui qualifient ſouvent un fat d'illuſtre Monſeigneur, & un picpuce d'aimable Révérence; Reverendiſſimo mio bene !

(+—) Je note, sur differents papiers & à volonté, d'un moment à l'autre, tout ce qui me passe par la tête; sans être tenu d'écrire une lettre entiere, & sans risquer d'oublier ma pensée, jusques au tems, ou j'écrivai ma lettre.

(V) En sautant d'un objet à un autre objet, j'épargne au lecteur le déplaisir de voir son attention en défaut; les signes, ou les lettres italiques au coin de la cédule le ramenant constament à un même sujet, qui se retrouve aux mêmes signes

(Y) C'est autant de billets que j'écris, pour subvenir à ma memoire, sans déranger l'enchainement nécessaire d'une période à une autre période plus essentielle

(Z) Pour peu que je me voie nécessité de lire ou de communiquer quelques articles, compris dans le nombre des cédules; j'en détache le segment, qui en traite, sans deranger l'ordre des sections, qui constituent ma lettre.

(Æ) *Tout ce qui se trouve enfin à corriger, à retrancher, à biffer, est l'affaire d'un moment; il ne s'agit que de deplacer, ou d'ajouter des cédules marquées d'un même signe consonnant; au lieu d'effacer des lignes entieres, & de mettre un scribe malevole dans la confidence de mes ratures. Tout ce livre est écrit de cette maniere; je désire que mes lecteurs me sachent gré de leur avoir épargné l'ennui de tout lire, analogue au secret de tout dire. J'ai d'ailleurs une autorité à citer en ma faveur, je la transcris pour ma defense. „ O vous scrupuleux & froids obser- „ vateurs de l'ordre „ dit Mr. de Mon- „ brun „ qui aimez mieux des pensées „ liées, vuides de sens, que des réflé- „ xions decousues, telles que celles - ci, „ quoique peut - être assez bonnes; ne „ perdez pas votre precieux loisir à „ me suivre, car je vous avertis, que „ mon esprit volontaire ne connoit point „ de regle; & que, semblable à l'eau-*

» reüil , il faute de branche en bran-
» che , sans se fixer sur aucune.

» Apprenez que ce n'est pas la si-
» métrie d'un repas, qui constitue l'ex-
» cellence des mets ; & que le festin le
» mieux ordonné n'est pas toujours ce-
» lui, ou l'on fait la meilleure chere.
» Qu'importe que des idées soient ana-
» logues ou non , pourvu qu'elles
» soient justes & sensées; c'est là l'essen-
» tiel (*).

_____

(*) Addisson (dans le Spectateur) remercie la
Providence de l'avoir fait naître Anglois, parce
que la langue angloise est la plus adaptée à l'a-
mour de la parelle, & que l'immensité des mo-
nosillabes, dont elle est composée, lui donne
la facilité d'exprimer ses idées avec la plus petite
dépense de sons possibles.

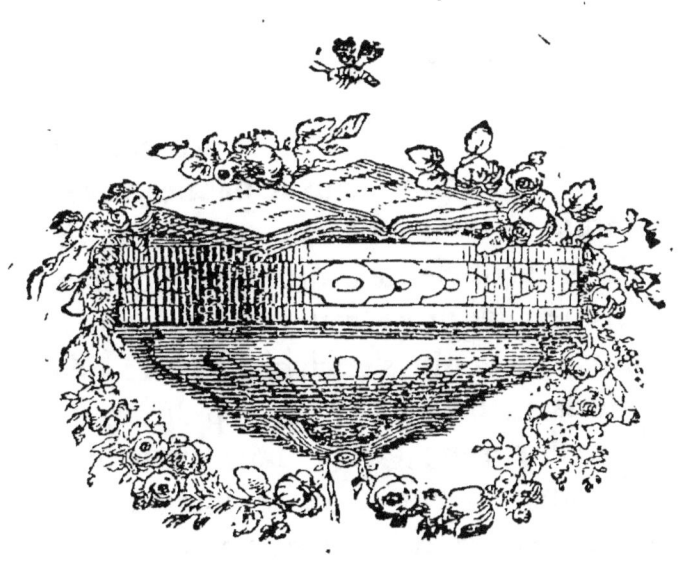

LETTRE I.

Au meilleur de mes amis.

L'affaire du fameux collier ocupe une place considérable dans l'histoire de ce siécle. Les grands, comme les petits, les savans & les ignorans sont curieux de pénétrer dans cet abime de fraude & de perversité. Qu'y trouve t-on cependant? Une Souveraine respectable, dont le nom a servi de plastron à l'intrigue la

A

plus audacieufe; un Prince foible & crédule, qui a donné dans le panneau avec la fimplicité d'un enfant; une femme perfide & artificieufe, qui, fous l'ombre de chercher des protecteurs & de fe faire des amis, a voulu s'enrichir à leurs dépens de la maniere la plus rapide; plufieurs malheureux, qui, fans avoir été affociés aux fourbes de cette intrigante, ont été envelopés dans la même disgrace.

Celui, qui fe diftingue le plus parmi ces derniers, eft fans contredit le Comte de Caglioftro. Plus fa vie eft chargée de ténébres & d'obfcurité, plus on s'efforce d'en découvrir les réplis & d'en percer le labirinthe. Sa célébrité fait fon crime; &, comme le public ignore par quelles voies il y eft parvenu; il eft naturel de lui en fupofer de criminelles. Ainfi penfe le commun des hommes.

Une acufation vague l'a entrainé dans l'horreur d'un cachot; on veut favoir ce qu'il eft, d'où il vient, ce qu'il fait; comme fi l'hiftoire de fa vie devoit éclairer un attentat commis dans les plus profondes ténébres. On eft bien furqu'il ne dira de lui que ce qui peut lui être avantageux.

D'autres, qui fe piquent de le connoître, lui prêtent une origine, des faits, un caractere deftitués de preuves. Que conclure de tous ces écrits ?

Que Caglioftro eft un être impénétrable ; qu'il n'eft pas moins fingulier que le fut S. Germain, dont on le dit le difciple, mais bien inférieur à fon maître, du côté des talens & du génie. Le dernier devoit fa célébrité à fon favoir, l'autre la doit à la fortune & à l'intrigue : *Mundus vult decipi.* Caglioftro eût pu dire à fes juges, ce qu'une Espagnole jeune & belle répondit à fon confeffeur, qui lui demandoit fon nom : *Meffieurs, mon nom, ma patrie, ma profeffion n'eft point un péché.*

Supofé que Caglioftro ait fait des dupes ; c'eft à elles de fe plaindre. Il a exercé la profeffion d'empyrique ; cela peut être. Qu'en refulte t - il ? Il n'eft pas bien profond en médecine, il n'a pas guéri tous les malades qui fe font adreffés

à lui. Donnez moi un médecin qui se
vante de n'avoir laissé mourir aucun de
ses patients. *) Il est de fait qu'il ne s'est
pas contenté de fournir des remedes aux
pauvres, il les a encore secourus de sa
bourse. Les riches, direz-vous, l'en ont
dédommagé ; cela peut être. N'est-il
pas dans l'ordre de la nature, que les
riches paient pour les indigens ; & ,
suivant les principes de notre réligion,
ne peut-on pas dire que le superflu des
premiers apartient aux derniers ?

On prétend avoir trouvé, dans les
écrits du fameux *Nostradamus*, un
quatrain qui a raport à cette cause cé-
lebre : c'est un conte de ma mere l'Oye.
Ce bon Prophete n'a jamais su lire dans
les événemens de notre siécle ; il n'avoit
certainement pas la vue assez longue.
Quiqu'il en soit ; vous ne serez peut être
pas faché de voir ces vers ; les voici :

*) Si on vouloit faire le procés à tous les méde-
cins qui envoient des malades dans l'autre
monde, où trouveriez-vous un seul homme
qui voulût exercer la médecine?

En quatre vingt & plus, maque-
reaux & guénons,
D'aucuns en liberté, d'autres en
baftions,
Giffent tout vifs, favoir, femme qui
n'eft pas bêté,
Deux Comtes fans Comté, un C.....
fans tête,

Ne vous donnez pas la peine de
les chercher dans les diférentes édi-
tions des ouvrages de *Noftrada-*
mus ; le ftyle feul fait connoître qu'ils
ne font pas de lui. Ceux, qui prétendent le faire revivre fi long-tems après
fa mort, font eux-mêmes des *Noftra-*
damns.

Noftra damus, cum falfa damus,
nam fallere noftrum eft.

Généralement, tout Prophete, qui
n'eft pas marqué au grand fceau, doit
être reputé pour un fot; & plus fot
encore qui s'y fie.

LETTRE II.

Je vous ai souvent entretenu de Mr. de Haller pere & fils ; je vous ai envoié les anecdotes du premier & vous ai fait part de l'eſtime que j'avois pour le ſecond. Cet aimable jeune homme, à qui la nature avoit acordé un corps ſain & robuſte, & qui ſembloit devoir me ſur-vivre & à tous mes contemporains, a été la victime d'une tracaſſerie militaire.

Il étoit à Avignon, où ſon régiment eſt en garniſon. Aſpirant à une place conſidé able dans ſa patrie, il tenta d'écarter Mr. d'ERLACH ſon compéti-teur ; en écrivant à Berne une lettre, qui dépeignoit ſon inconduite, & exa-igeroit des fautes qui naiſſent de l'extrême amour du plaiſir. Mr. d'ERLACH fut inſtruit de cette lettre dans un moment, où il gardoit les arrêts ; il attendit celui de la liberté, ſe battit avec Mr. de HALLER & le tua. Celui-ci, avec beaucoup de génie, étoit un homme fort ſingulier ; je puis même dire un des,

plus extraordinaires du ∙ſiécle ; qui ſa-
voit unir, aux dons de la nature les
plus ornés & les plus heureux, tous les
talens de l'art ; l'âme la plus ouverte ,
l'agrément que donnent les ſocietés gaies
& ſpirituelles, avec le ſecret d'aſ-
faiſonner ſes propos d'un ſel attique,
qui paroiſſoit n'appartenir qu'à lui, &
qui ne pouvoit être repeté de perſonne.

Son pere, acoutumé de multiplier
ſes leçons paternelles, comme font tous
les bons peres, les employa abondament avec le jeune HALLER ; en y joi-
gnant ſouvent des reproches déſagréa-
bles pour un fils, qui ſe croyoit émanci-
pé ; & qui l'étoit par la réflexion &
par l'eſprit. Pour obvier aux conſéquences ; il reſtitua à ſon pere tout ce
qu'il avoit débourſé à le faire batiſer,
décraſſer, élever, nourir ; & ne prit
jamais aucun repas chez lui ſans
le payer. Il ne voyageoit le plus ſouvent qu'à pié ; s'il ſe trouvoit une ri-
viére à ſon paſſage, il la paſſoit à la
nage ; arrivé à quelque montagne, il y
grimpoit à l'aide de ſes mains ; ſa valiſe
ne contenoit que deux chemiſes avec un
tôme d'Emile ; l'autre tôme, il le portoit

dans fa poche. Sa paffion étoit le jeu ;
il l'affouvit avec affez de fuccès.

Telle fut la fin d'un jeune homme
plein de fanté, plein de vie & qui donnoit les plus belles efperances. Je l'ai
pleuré en qualité d'ami, mais peut-on
pleurer toujours ? & la mort merite-
t-elle les pleurs qu'elle fait répandre ?
C'eft un problême difficile à réfoudre.
Sommes-nous bien dans cette vie ? Se-
rons-nous mieux dans l'autre ? C'eft ce
que je laiffe à décider à nos Docteurs,
qui prétendent favoir tout & qui ne fa-
vent rien.

Il me vient une penfée fur la mort,
que vous regarderez peut-être comme
ridicule ; c'eft que j'imagine qu'elle ne
nous ôte rien. Je vous laiffe le foin de
débrouiller ce canevas.

En tout cas ; la mort n'eft pas auffi
horrible qu'on nous la dépeint ordinairement ; &, puifque nous devons paffer
par là, tôt ou tard ; il eft de notre interêt de nous acoutumer de bonne heure,
à l'envifager fous un point de vue,
plûtôt gracieux que redoutable.

J' ai vu mourir le fou, j'ai vu mou-
rir le fage;
Le deftin du premier de l'autre
eft le partage.

Pourquoi nous jettons - nous avec tant
de plaifir dans les bras du fommeil, & que
les embraffemens de la mort nous font fré-
mir d'horreur? Si le fommeil eft l'ombre
de la mort, comme on en convient facilement, la réalité ne vaut - elle pas mieux
que fon image? Le fommeil eft un repos de quelques momens, la mort eft un
repos éternel; n'eft - il pas naturel de
fouhaiter le repos, après les fatigues
d'une vie longue & fouvent malheureufe?
Nous retrouvant par tout dans le fein
d'une Divinité bienfaifante, qu'avons-
nous à redouter? La joie de l'homme de
bien eft la recompenfe de fa vertu; & la
crainte du méchant eft le châtiment de
fa malice. Vivons bien & nous apren-
drons à bien mourir. Je fuis bien éloi-
gné de vouloir abréger le terme de mon
exiftence, mais je ne fuis pas jaloux de
le prolonger; &, quand je ferois affez
heureux pour trouver l'immortalité; je
me garderois bien de faire ufage d'un
fecret, qui ne fauroit faire la félicité
d'une créature compofée de terre & de

boue. Il faut mourir, pour reffusciter.
En attendant, je vous fouhaite une longue
vie; mais, ce que je fouhaite avec le plus
d'ardeur, c'eft qu'elle foit agréable &
heureufe.

Ceci me ramene à Werther, Bach-
man, Schroepfer & quantité d'autres
fous, tant anciens que modernes; qui
ont préferé la mort à la vie. S'il étoit
permis d'être fuicide, ce ne feroit qu'à
ces mortels infortunés, fur lesquels le
bras de la deftinée s'eft apéfanti de la
maniere la plus cruelle; & qui n'ont
point d'efperance de fe relever du préci-
pice dans lequel ils font tombés. Mais
qu'une folie amoureufe, que la vanité,
que l'orgueil, ou quelque paffion mal-
entendue nous faffe recourir à un remede
qui n'en eft point un; & nous conduife
à un mal véritable pour en éviter un
chimérique; cela ne peut être dans l'ordre, ni aprouvé par aucun être raifonnable.

Dans la force de l'âge, les paffions
font ardentes, mais peu durables. Si
un fuicide paffionné pouvoit revenir à lui
même, après l'accès de fa paffion; il

rougiroit de s'y être abandonné. *Notre monde*, dit Gellert, *est - il donc assez dépourvu de charmes, pour qu'on se hâte d'en sortir ?*

Soions philosophes, mon ami, non pas comme Caton d'Utique ; mais comme Senéque, Socrate... Ne craignons pas la mort , & ne la cherchons pas; c'est être imbécille que de ne pouvoir, l'envisager avec horreur; c'est être fou que d'y courir avec joie.

LETTRE III.

Nous avons assez de grammaires , mais peu de parfaites ; j'en désirerois une qui parlât au coeur , & qui fatiguât moins les oreilles & l'esprit.

Grammaires.

Chaque chose a sa grammaire ; &, si les arbres, les pierres & les plantes pouvoient parler ; nous réformerions la nôtre sur la leur , pour gagner d'energie.

Le Grammairien , regardé comme appareilleur des connoissances, comme déchiffreur des béfoins de l'homme, mérite de marcher le premier à la tête des littérateurs : l'excellence de fon art commence avec la nature; il n'a falu qu'un mot pour créer l'univers; Dieu le dit, & les mondes exifterent.

Tous ces vaftes pays d'azur & de lumiere, fortis du fein du vuide & formés fans matiere, arrondis fans compas & tournant fans pivot, ont à peine couté la dépenfe d'un mot, dit Voltaire.

La Grammaire eft fœur de la parole; fœur cadette, plus inftruite que fon ainée.

L'art de parler eft, dans fes commencements, l'ouvrage d'une nourice; le lait eft le premier béfoin de l'enfant, & le mot qui défigne fa nouriture, fa premiere connoiffance. Chaque âge a fa Grammaire particuliere, chaque paffion fe fait elle-même la fienne; &, fi l'expreffion du langage eſt en nous, ſi l'énergie des expreſſions dépend réellement de l'aptitude de nos organes; il eſt à croire que plus d'un enfant ſe paſ-feroit de maitre; s'il oſoit faire des mots un emploi, conforme au ſenti-ment qu'il éprouve.

Les Romains choiſiſſoient ordinaire-ment, entre leurs eſclaves, celui qui étoit le plus capable d'inſtruire un jeune enfant; nos Maitres de langue ſont pris à l'avanture.

Un Grammairien, dans l'identité du mot, mérite diſtinction; s'il réuſſit à rendre les beautés du langage, avec l'énergie qui leur eſt propre.

Dans un dictionaire mogol, le mot de prêtre revient à femme; ce feroit le vrai mot, s'il éxiſtoit des prêtreſſes. Tel Grammarién ſait mieux le Chinois que ſa langue; tel homme eſt mieux au fait des habitations des autres que de la ſienne, & n'eſt au logis nulle part.

J'ai connu un Levantin, tranſmis par avanture à Stolpe, village du Brandebourg, fameux par ſon jeu d'échec. Il enſeignoit ſon jeu, à tant la partie; & par les ſeules régles de la Grammaire. La mort, qui matte tout, lui fit perdre la partie. Six des plus forts joueurs, plus forts porteurs encore, mirent notre joueur en terre; un érudit parla de cet événement comme d'une partie perdue. L'inſtant, qui détruit les deſſeins des hommes, n'eſt, pour ainſi dire, que la fin d'un jeu intéreſſant; qui ne peut être bien exprimé que par un aphoriſme. Les inverſions, très rares en françois, deviennent fréquentes; toutes les fois qu'il eſt queſtion d'intervertir le cours d'une vie commune, en une mort, de bien moindre en jeu qu'elle.

Quand j'entens parler de Grammaire, je me crois né au tems de Charlemagne, qui parloit toutes les langues ſans en ſavoir aucune; tout grand qu'il étoit, on lui apprenoit ſa leçon. „On m'a

„ propofé, „écrivit le Maréchal de
Saxe au Maréchal de Noailles, " d'être
„ de l'académie françoife ; j'ai repondu
„ que je ne favois pas même l'ortogra-
„ phe & que cela m'alloit, comme la
„ bague à un chat. On m'a repliqué
„ que le Maréchal de Villars ne favoit
„ pas écrire, ni lire, & qu'il en étoit
„ bien C'eft une perfécution ; vous
„ n'en êtes pas, mon Maitre, cela rend
„ la défenfe, que je fais, plus belle ;
„ perfonne n'a plus d'efprit que vous,
„ ne parle & n'ecrit mieux ; pour quoi
„ n'en êtes-vous pas ? Cela m'embaraffe ;
„ je ne voudrois choquer perfonne,
„ bien moins un Corps, où il y a des
„ gens de mérite. D'un autre côté, je
„ crains les ridicules & celui - ci m'en-
„ paroît un bien conditionné ; ayez la
„ bonté de me répondre un petit mot. "
Le Maréchal de Noailles lui confeilla
de ne point accepter.

A la naiffance d'un enfant, le nom
qu'il reçoit eft à la feule compétence
des parens ; c'eft ordinairement un nom
d'églife : des fobriquets y fuccedent

dans un âge plus mûr. On les échange contre des titres; & nous ne gardons que les noms, que nous méritons dans la vieillesse.

Un homme, né en 1666, soustraction faite à 2777, année de son enterrement, devoit avoir passé 111 ans, à douter d'une année à l'autre, s'il s'appelleroit *Jean, Jeannetin* ou *Jeannot*. Mortels, toujours à l'enquête d'un nom, passez la vie à mériter le vôtre; dussiez vous être appellés *Grisegonelle*, comme *Foulques d'Anjou*; ou *Tête d'étoupes*, comme *Raymond de Barcelone* !

Caton plaisantoit sur la crédulité des Romains, qui se persuadoient que la lecture des épitaphes faisoit perdre la mémoire; peu d'hommes sont exposés à cet exercice; si, dans leur patrie, on ne sait ni faire, ni mériter une épitaphe. La plus belle époque d'un homme d'étude, est la connoissance d'un Philosophe, capable d'imposer aux mots leur étimologie sûre, de leur donner l'esprit de la chose, de fixer enfin des significations propres aux idées; fussent-elles opösées les unes aux autres.

Vous

Vous vous arrêtez beaucoup sur l'i- Langage.
dée réellement philosophique de l'auteur de la lettre mentioneé ; celle de changer la terminaison des mots allemands,
en substituant aux confonnes des voyel-
les, feroit - elle un idiome nouveau? N'existe - t - il pas déjà ? Est - ce que les Suabes
ne parlent pas comme les Italiens, dont
chaque mot finit par une voyelle ? ſeſe
au lieu de leſen, ſchreibe pour ſchreiben,
frichte pour frichten &c. Avec un peu plus
de génie, ils feroient plus près de la
belle poéſie, que les Saxons; & moins
éloignés que l'Autrichien & le Morave,
de l'harmonie de leur patois reciproque.

Un autre inconvénient c'eſt de mêler deux langues; la latine pour le texte,
& la langue nationale dans le diſcours.
Nos curés de village font mieux ; ils
parlent une langue univerſelle qui s'agen-
ce à tout; j'en connois un, qui vient
d'inventer une langue ſans confonnes - -
Je luis demandois comment il feroit pour
prononcer, le mot d'enfer. C'eſt tout
baclé, me dit - il, je l'apelle *ai ai o.*
Ne vous paroit - il pas entendre les cris
de la douleur, *ai ai o?* Et l'amour, Mr.
le Curé, comment l'apellerez-vous ? *A u*

B

v i. C'eft, on doit le dire, un langage étonnant.

Je ne connois au refte que les moyens fuivants; convenables à tous les pays fans diftinction, pour fe diftinguer dans la litterature.

Le cours d'étude qui ne dépend, pour ainfi dire, que de l'exercice du gofier, & de la glotte; l'art de perfuader mérite d'autant plus d'être mis en action, que cet exercice convient à tous les pays, à toutes les Nations, aux Philofophes, & au peuple.

LETTRE IV.

Recruës. Soyez fuperieur à votre fiécle, &, pour vous faire très-furement obéir, faites comme la Divinité, qui ne fe fert pas du bâton mais de la raifon. Ne vous défefperez pas, fi les lettres tardent de plufieurs jours, on diroit mieux, de plufieurs lieues; rien de plus réglé

Cette Table fuit la fixiéme ligne de la dixhuitiéme page.

	D'où.	
Parler		La Rhétorique.
Imaginer		La Poéfie.
Ecrire		La Mufique.
Crier		Les querelles littéraires
Lire		L'art de lire, que peu de perfonnes connoiffent ; c'eft à dire, de me choifir, dans un Livre, que ce qui eft réellement utile ou fublime.
Savoir.		
Prêcher		Les triftes Drames.
Déclamer		Les acteurs de Province.
Balbutier, graf-, Jouer à propos		L'Eloquence de la chai-re, du barreau, de la converfation.
Se taire		La fcience du fage.
Siffler les difcoureurs		La fcience la moins étu-diée, & la plus facile . . celle d'émouvoir, avant que l'art d'émouvoir fe perfectionne.

que les jours, rien qui le soit moins que les postes.

Vos réfléxions, quelque tard qu'elles m'arrivent, m'intéressent toujours; j'y reponds par des riens, auxquels, dites vous, je sais assés bien donner l'air d'importance. Soit! je chausse ma pensée; *Marche!*

Je viens de rencontrer sur le grand chemin un officier Hessois, qui transportoit des recruës. Ils n'etoient pas, comme autrefois enchainés, ni liés par les pouces; mais les boucles de leurs culottes étoient coupées; & cette manœuvre, qui les obligeoit de tenir les mains à la ceinture, arrêtoit leur fuite.

Ce spectacle, qui ne me paroissoit point cruel, l'est peut-être plus qu'on ne pense.

Les hommes, dit la Bruyere, sont au Souverain comme la monnoie dont il a acheté une place, ou une victoire; & dont peu de Rois connoissoient au juste le prix, dans l'importance de cette partie d'économie publique. Inspirez de l'hon-

B 2

neur à vos Soldats, dreſſez les à reſ-
pecter leur état & qu'ils ne ſoyent pu-
nis, que quand ils péchent contre les
loix.

On a tort de mettre les malfaiteurs
dans les troupes par voie de punition;
on dégrade par là l'état militaire, dont
l'honneur devroit être intact.

Si vous voulez procurer à la patrie
de bons défenſeurs, dit l'ami des hommes, n'aviliſſez point les gens de guerre, vous vous perdrez par là vous-mê-
mes.

Lorsque les Suédois déclarerent la
guerre à la Ruſſie en 1741, on propo-
ſa à l'aſſemblée des Etats de condamner
les contrebandiers à être enrôlés pour
toute la vie : *Eh que deviendra la dignité du nom de Soldat*, dit un dépu-
té de l'ordre des payſans? Ce mot plein
délévation arrêta la promulgation de la
loi, il n'en fut plus queſtion.

LETTRE V.

Tout aujourd'hui éxerce à l'alleman- de; *) Ibrahim Effendi vient de don- ner une Tactique telle que FRÉDERIC en préscrit une à ses Soldats; & je ne désespere pas de voir les troupes du Pa- pe dire la messe à la prussienne.

Exercice prussien.

De jeunes Athlètes, en uniforme prussien, tirant au blanc avec des sar- bacanes, m'ont donné aujourd'hui un spe- ctacle qui me rapelle ces anciens tems de l'innocence, que le meurtre & la guer- re n'avoient point encore troublés.

Cette jeune troupe se disputoit à force d'haleine le prix des poulmons, & paroissoit dire: *Ludimus & nos ef-figie belli.*

---

*) Voyez traité de Tactique, ou méthode ar- tificielle pour l'ordonnance des troupes, ou- vrage publié & imprimé à Constantinople par Ibrahim Effendi, officier de la porte otto- manne, l'an de l'Hegire 1144, à Vienne chez T. Th. de Tratnern 1769.

B 3

Figurez vous fur les autels ces figures fculptées d'anges bouffis, qu'il n'eft
point dans le coftume de préfenter avec
des joues ravalées, & vous vous rappel-
lerez les vers de l'ingenieux cenfeur de
Néron: *Neec fclopo tumidas intendit
rumpere buccas.*

Vous n'ignorez pas, que ces tuiaux
n'ont pas toujours été employés à une
fin fi paifible. Les Yamcos, peuple de
l'Amérique méridionale, tirent à des
diftances de trente pas fur des bêtes féroces, en foufflant de petites fléches de
bois de palmier, trempées dans un poi-
fon bien actif; qui tue l'animal en moins
d'une minute, fitôt qu'il eft percé jufqu'au fang. Ils fe fervent des mêmes
armes contre leurs ennemis.

Loin de nous ces moyens deftru-
cteurs! Quand ceffera - t - on de dire comme Androgée dans Lucien: ,, J'ai com-
,, battu au pugilat, j'ai bravé à Pife
,, la perte d'une oreille, à Platée celle
,, d'une paupiere, à Delphes on m'em-
,, porta ne refpirant plus ** Ma tête
,, eft percée comme un crible, ou
,, comme le deffous des livres vermou-

„ lus, l'on prendroit les cicatrices droi-
„ tes & obliques, que les cestes y ont
„ laissées, pour une tablature de musique
„ lydienne ou phrygienne.

Le plaisir, que les hommes prennent,
sous mille formes, & qui accelere leur de-
struction ; surprend d'autant plus, que
ce plaisir est dans la nature, & un des
plus forts penchants de l'homme. La
vie ne devroit être faite que pour les
mortels paisibles. Naitre pour mourir,
s'entretuer pour subsister, c'est donner
un ridicule à la vie, qui ne gagne pas
même à être préconisé dans nos spectacles ; c'est prêter au trépas les agrémens
dus à la vie, & à la guerre les charmes de l'amour.

Une singularité, qui m'a frappé hors
des murs de Rastadt, fut de voir le fils
d'un pâtre âgé de sept ans , pincer la
mandoline mieux que ne le comportent
ordinairement les organes de l'enfance.
Cet instrument, joué avec force, plait
rarement à l'oreille ; l'âme seule en est
émue.

LETTRE VI.

Milice. Le militaire éventuel des Princes intermediaires d'Allemagne me rapelle un inftitut, dont vous avez peut-être entendu parler. C'eft celui du Pere Parhammer, fondateur des parades militaires à Vienne. On lifoit fur fes drapeaux : *Ecclefia militans, Ecclefia triumphans.* J'ai vu ce prédicateur fpadaffin, monté fur un théatre de foire, fe flageller pour les péchés de fes auditeurs, à la tête d'une fainte & pieufe confrairie. Quelques mauvais plaifans crurent entrevoir le but intéreffé de cet Exjefuite entreprenant. Ils fe difoient à l'oreille, qu'il vouloit relever de fes décombres fa Société, déjà flétrie & reprouvée dans toutes les parties de l'Europe : que le prétexte d'inftruire les enfans devenoit pour lui un moien de gagner le cœur des mamans, auxquelles les papas cedent avec tant de facilité; furtout quand il s'agit du bien de leurs enfans.

Ce Bonze de l'églife romaine s'adreſ-
ſa particulierement au beau Séxe, pour
établir ſa nouvelle confraternité parmi
le peuple de Vienne. Ce fut lui qu'il
décora du titre de Capitaines de cette
pieuſe milice. Des drapeaux, brodés
à leurs dépens, etoient portés par de
jeunes Athlètes, choiſis par ces Capitaines femelles, qui avoient également le
choix de celles, qui devoient former la
compagnie militante de ce nouvel inſtitut. Ce nouveau Confucius en bigo-
tiſme réuſſit ſi bien, qu'il eut bientot
plus de drapeaux que de centuries. Un
Porte - enſeigne, favoriſé de quelque dé-
vote, un Capitaine à large panſe, ſui-
vi d'un double rang de femmelettes qui
précedoient une vingtaine de jolis mi-
nois, recitant les Litanies de Lorette,
donnoit aux rieurs un ſpectacle, auſſi
groteſque qu'il étoit original.

Après avoir accoutumé les meres à
ſe complaire à cette conſtitution de l'é-
gliſe militante, il lui vint une idée réellement utile; ce fut celle de créer, en
1743, un inſtitut d'orphelins dans le
même goût. Marie Thereſe lui donna,
en 1761, un fond pour cent enfans de

Soldats. En 1776, le nombre des enfans montoit déjà à 767, tant mâles
que femelles : il profita des foins
que l'augufte Maifon d'Autriche voulut bien prendre de fa petite armée, pour
y introduire l'efprit de difcipline, puifé
dans les mémoires du prince Montecu-
culli. Ce grand homme, parlant des
armées permanentes, dit : „ Qu'on de-
„ vroit dans chaque province établir
„ une académie militaire, à l'imitation
„ de la Maifon des Azomoglans, à Bur-
„ fa en Natolie, où on éleve les enfans
„ enlevés aux chrétiens dans la réligion
„ turque. Il voudroit qu'on y inftrui-
„ fit aux exercices militaires les orphe-
„ lins, les bâtards, les mendians &
„ les pauvres; ajoutant qu'une pareille
„ fondation feroit peut-être d'un plus
„ grand mérite pour les fondateurs,
„ & d'un plus grand bien pour la ré-
„ ligion chrétienne, que l'établiffement
„ de nouveaux monafteres ou de colle-
„ ges fuperflus. "

Sans être grand Tacticien, le Pere
Parhammer donna à fes enfans une uniforme militaire, il créa des centuries,
leur diftribua des armes, analogues à leur

petite taille, & leur fit apprendre l'é-
xercice, auffi bien qu'aux foldats les mieux
éxercés de l'armée.

Divifés en Canoniers, ils avoient
de petits canons à fervice, chargés, diri-
gés avec jufteffe. Les Grénadiers, les
Fufeliers de ce corps de pygmées faifoient
toutes les évolutions avec une pré-
cifion étonnante, & en grand filence.
Attentifs aux commandemens du prêtre,
ils fixerent même l'attention des gens
de guerre.

Le Pere Général leur fit conftruire
une redoute, percée pour feize piéces,
défendue par la compagnie des petits
Fufeliers, canonée par celle des Artil-
leurs; affaillie & emportée par la compagnie des Grénadiers. Elle étoit mu-
rée, garnie d'un foffé, frifée de palif-
fades.

Ces enfans montoient journellement
la garde, forte de 30 individus environ, de deux bas-officiers & un officier;
ils fe relevoient en été, d'heure en heure,
& en hyver, toutes les demies heures.
Leur fervice étoit régulier & exacte-

ment militaire, leurs châtimens les mêmes, que ceux des fantaſſins.

Un Anglois, leur ayant vu faire
l'exercice, dont il admira la juſteſſe ; ra-
pella aux ſpectateurs l'idée du Paraguai ;
en faiſant remarquer le Major en ſou-
tane, qui commandoit les enfans noirs
du Général Loyola.

L'économie de cet inſtitut étoit bien
dirigée. Les enfans y étoient tenus proprement, nourris ſobrement, inſtruits
dans tout ce qu'il leur convenoit de ſavoir ; les Muſiciens, formés pour la muſique inſtrumentale, faiſoient très bien.
En un mot, c'étoit un plaiſir de voir &
d'entendre leur muſique turque, elle ne
pouvoit être meilleure. Feu Marie The-
rèſe, & les grands de Vienne, ne don-
noient aucune fête, où ces petits Orphées
ne fuſſent appellés.

Cet inſtitut a eu le ſort de tous les
établiſſemens humains ; il n'eſt plus,
quoique celui dont j'ai parlé au commencement de cette lettre ſubſiſte encore. Les petits Princes ne ſe laſſent

point d'entretenir de petites armées, de grands Maréchaux & d'énormes dettes.

Ludimus effigie belli.

LETTRE VII.

Une preuve que les loix ne condamnent point entièrement les combats singuliers, c'est qu'elles ne flétrissent l'assaillant que par le blâme, ou en le dégradant de noblesse.

Duels.

Le seul moyen d'abolir cette morgue dangéreuse, seroit de faire sentir, à ceux qui survivroient à leur honte, le malheur des duels.

On ne commet dans aucun pays plus d'assassinats juridiques qu'en Angleterre, disent les fauteurs des combats singuliers. La plupart des malfaiteurs, qui prennent le chemin de Tyburn, ne sont guéres au dessous de 16, ni au dessus de 40 ans. Quel ravage pour l'espéce humaine !

Dans aucun pays, la rage du duel n'enleve tant d'individus qu'en France ; là, où les visions chimériques, le faux point d'honneur portent sur des riens, que la mode accredite. Le motif d'un seul assassinat en Italie eût occasionné mille duels en France.

Quels seroient enfin les vrais moyens de diminuer les assassinats juridiques en Angleterre, les duels en France, les meurtres en Italie ?

Détruisez dans le cœur de l'Anglois le mépris de la mort, transmis pour ainsi dire aux Maitres de l'Albion par les anciens fous d'Ibérie.

Prodiga gens animi, properare facillima mortem.

Cette nation généreuse & sagace, supportant avec moins de résignation que toute autre les traverses & les maux de la vie, ne connoissant dans les malheurs d'autre remede que la mort, néglige de se faire des besoins illusoires agréables ; & préfere, le plus souvent & par une loi commune à chaque être, un brillant superflu au simple necessaire ; la nature n'est point affoiblie, & ses productions sont infinies ; elles seroient à pure perte, si l'homme n'étoit invité par elles de jouir de toutes ; mais l'Anglois en abuse.

Détruisez dans le cœur des François, cette pente ridicule à se croire offensé par air ; cette chimere du point d'honneur & tant de prétention à l'orgueil ; moyennant quoi, une multitude d'hommes auroient toujours l'épée hors du foureau, si le cœur étoit fait comme l'esprit.

Effacez dans le cœur des Italiens le désir de la vengeance, qui n'est presque jamais inspirée par l'honneur, & qui ne peut être excusée par le mépris.

Avant que nos ancêtres eussent des loix écrites, de simples combats judiciaires decidoient de leurs querelles ; N'étant nullement civilisés, il ne pouvoient être que des juges ignares, & c'est labsurdité qui créa les duels.

Dans les cas douteux, on étoit convénu de régler la sentence suivant le prix

des armes ; se battre en duel alors, étoit
faire l'avocat d'une partie, contre la lan-
ce & le sabre. Avant que l'adultere
fut reputé une action cachée, quoi qu'elle ne soit ignorée de personne, & qu'elle donne de la célébrité lorsqu'elle est
punie ; les plus fréquents procès étoient
ceux des maris contre des femmes soup-
çonnées. On se faisoit une gloire d'être
l'avocat de l'honneur ; qui, dans tous
les états, est ce que chaque homme esti-
me le plus, & ce qu'il recherche le moins.
Le nombre des Don-Guichottes se mul-
tiplia chaque jour.

Damnosa quid non imminuit dies.

Peu-à-peu la mode disparut, on ne
soupçonna plus la fidélité des deux séxes,
& l'on s'en tint à ce que chacun diroit
pour l'excuser.

Les élégans, n'ayant plus d'occasion
de se distinguer à la défense des belles,
devinrent avocats de leurs propres cau-
ses ; & ils appellerent en duel quiconque leur déplaisoit ; on se duella pour
des bagatelles, pour des mots, pour des
riens.

A

A méſure que la législation s'amé-
liora dans les Monarchies, ſon premier
effort fut d'interdire ce genre d'avoca-
tie armée; elle ſe réfugia dans les troupes, & on auroit de la peine à l'exter-
miner.

On ne ſait aujourd'hui s'il ſeroit à
propos de priver nos officiers de la néceſſité de s'aſſaſſiner face à face; il n'eſt
pas moins vrai, que ceux, qui parvien-
nent à redreſſer par le raiſonnement les
torts qui les irritent, méritent bien plus
le titre d'hommes courageux, que ces
vils imitateurs des brutes; qui vangent
ſur les femmes-mêmes l'égratignure d'une
épingle.

Cuncta ferit, dum cuncta timet.
CLAUD.

Les préjugés ſur l'honneur ſont les
plus difficiles à vaincre, chez des nations idolâtres de la gloire & des jou-
joux qu'elle diſpenſe.

C

LETTRE VIII.

Séxe, La découverte du féxe dans les plantes eft, felon Mr. Bonnet, une des plus
intéreffantes de notre fiécle. Mr. Adan-
fon divife ces corrélations par une méthode toute nouvelle ; il remarque certains individus, qui n'ont aucune partie
féxuelle fenfible ; tels font parmi les
animaux quelques vers, parmi les végé-
taux plufieurs biffus, parmi les hommes certains peuples, qui, faute d'avoir
pu développer encore leur éxiftence,
méconnoiffent leurs facultés, & négli-
gent de fe former fur l'éxemple.

Les féxes neutres font ceux, dont
chaque individu eft ou mâle, ou fémelle, & qui produifent cependant fans le
fecours d'aucun autre individu ; tels font
les conques, le polype . . . les cham-
pignons &c. ; &, parmi les bipédes fans
plume, quelques auteurs originaux, des
Legislateurs fublimes, un petit nombre
de Princes ; comme Mancocapak, Maho-

met, Joſeph, Fréderic & Catherine;
on pourroit y ajouter Guillaume IX. *)
D'autres ne peuvent produire ſeuls, ſans
le ſecours d'un ſecond individu du ſéxe
différent; tels ſont la plupart des animaux, incongruement appellés parfaits;
comme les quadrupédes, les poiſſons,
les inſectes, nombre de plantes *dioïkes*,
quelques hommes, les plagiaires, & les
moines. Les troiſiémes biſſéxes enfin,
raſſemblent le ſéxe maſculin & le fémi-
nin, dans le même individu; tels ſont
les limaçons parmi les animaux, les

---

*) Ce n'eſt pas ſans raiſon que l'auteur aſſocie
Guillaume IX aux Monarques precedens. Ce
Prince eſt lui-même ſon premier Miniſtre &
ſon Conſeil. Sa prudente economie, ſon
activité dans les affaires du Gouvernement, ſa
patience à écouter la voix du malheureux,
le ſoin qu'il prend de faire obſerver les loix,
d'encourager les arts, de protéger l'agricultu-
re & d'empêcher que le moindre de ſes ſujets
ne ſoit oprimé par la faveur; ſon attention
à ſoulager les indigens, à rétablir l'ordre dans
ſes Etats & à faire renaitre autour de lui les
beaux jours de Saturne & de Rhée; tout cela
lui promet la reconnoiſſance éternelle de ſes
ſujets & l'hommage de la poſterité. Heureux
les Monarques qui ſe gouvernent ſur ces principes; heureuſes les Nations qui ſont gouver-
nees par de tels Souverains!

aphrodites parmi les plantes, & parmi l'espéce humaine, les *Gacon*, les *Bellegarde*, les Brochuriers de Vienne.

La premiere distinction, suivant Lucréce, qui ait été entre les hommes, la premiere considération qui donna des prééminences aux uns sur les autres, fut l'avantage de la beauté. La Cour de Vienne, me dit le D. de W.; à son retour d'un voyage qu'il y avoit fait, n'est jamais sans une Cléopatre.

Je ne puis vous dépeindre à quel point le séxe est beau en Autriche; les jeunes paysanes dans ces contrées sont les Circassiennes de l'Allemagne; je n'ai trouvé nulle part plus de finesse dans les traits, plus de blancheur dans le teint que parmi elles; il semble que le blanc soit la couleur propre au sol de l'Autriche. La parure dés sorcieres est le noir, nos Autrichiennes sont des magiciennes blanches.

Tout pays a ses Nimphes & ses Driades; les paysanes de la Toscane, les laitières du pays de Vaux...., les pastourelles du mont Etna...., celles des îles

de la Gréce & les courtifanes de Venife
font les plus renommées magiciennes de
l'Europe. On n'en manque pas dans les
belles contrées de l'Allemagne; les femmes y tranfportent dans des paniers &
fur leurs têtes les fruits, le lait, les her-
bages, qu'elles portent au marché; c'eft
autant de belles Cariatides, qui donne-
roient, à quelque Callimaque du fiécle,
l'idée d'un nouvel ordre d'architecture
échappé aux anciens.

Garcillaffe, dans fon hiftoire des In-
cas, décrit ainfi la fille du Dieu inconnu; portant une cruche d'eau, que fon
frere caffe toutes les fois qu'il fait de
l'orage: c'eft la Nimphe de la pluye, à
laquelle les Péruviens adreffent leurs
voeux & leur culte.

L'imagination eft, pour ainfi dire,
le peintre de la beauté; des fourcils en
triangle, des anneaux pendus aux narines, des joues marquetées de petits cloux
d'or, les parures grotefques & bizarres,
qui jusqu'ici ont occupé le fexe, n'empêchent point que la femme ne foit, dans
toutes fes divergeances, le plus beau fpectacle de la Nature.

C 3

Je croirois affés, avec le Traducteur
de Properce :

Qu'une figure eft toujours bonne,
Comme la Nature la donne ;
Le teint, dont les Belges font vains,
Rendroit difforme les Romains.

Il y a de beaux vifages à Vienne,
mais peu de belles phifionomies ; & c'eft
cependant à la phifionomie que les peintres des graces s'attachent préférable-
ment. Cet accord, faillant entre les
corps & l'efprit, eft fouvent en défaut
parmi mes compatriotes.

Une Dame de Vienne, qui faifoit
confifter la vertu dans les mortifica-
tions, demanda à fon Confeffeur : *Suis-je
laide affés, pour être fainte?*

Vous avez été à portée de voir comme moi, à une des foires de Londres,
les deux femmes de la nouvelle Ecoffe,
qui paroiffoient habillées, & qui ne l'é-
toient cependant pas ; ce n'eft pas qu'elles portaffent des robes tranfparentes ;
aucune toile, ni drap, ni taffetas ne

couvroit la nudité de leurs corps; on
leur voioit la chair, déchiquetée & cou-
pée en mille desseins différents, artificiel-
lement peints; leur peau paroissoit une
étoffe à fleurs, plutôt qu'une chair
humaine. Avouez mon cher . . . que
les fleurs, cueillies dans leur jardin, va-
loient bien les ronces du nôtre.

Les Dames Allemandes, élevées à la
Cour, appellées les Reines des Rois, ac-
cueillantes, polies, éclairées par caprice, paroissent seules chargées de la grande réforme dans les mœurs de leur patrie; & tout projet de cette nature ne
s'éxécutant que par le ressort du beau
& de l'honnête; d'habiles Legislateurs ne
peuvent se rapporter de ce soin, qu'à
des Divinités, aussi aimables qu'elles, parlant presque toutes trois idiômes, sans
trop étudier ni l'un ni l'autre; elles ont
à la fois l'esprit de trois dialectes, &
un avantage plus réel encore: c'est la
beauté; que Dion appelle le bien d'au-
trui, & que l'on retrouve dans celle qu'on
aime.

Pourquoi dans la classe des papillons,
comme dans l'espéce humaine, la beauté

C 4

est-elle l'appanage de la femme; & au contraire que, parmi les oiseaux, le mâle est plus beau que la femelle? C'est un problème que la Nature a dédaigné de résoudre encore.

LETTRE IX.

In materia di gusto,
Quel, che piace è giusto.

Ce n'est point le plaisir qui ruine, mais les plaisirs.

Les Femmes de Vienne ne renchérissent point sur les jeux de l'amour; peu connoissent la volupté.

Point d'Arastianasse, qui inventa les douze manieres de faire renaître le plaisir; point de Quintilla, qui ne se souvenoit pas d'avoir jamais été vierge; une Dame, grélotant en pareil cas, dit à son amant: *Ai-je bien du plaisir mon cher?*

Les courses de traineaux offrent sur la neige une pompe peu commune. A l'exemple des Sigisbées de Sienne, les élégans jettent des boules de neige qui contiennent des billets doux à leurs belles, qui se trouvent aux fenêtres ; d'où est né le proverbe : *La neve e ruffiana, senza vergogna* ; la neige ne rougit point du métier qu'on lui fait faire. C'est la pensée de Turno Pinocci, qui désire l'hyver pour pouvoir découvrir sa flâme à sa belle.

Languisco, è ver, e la mia pena è
    ascosa
Alla vezzosa mia cara Amarillide;
Ma, per guarir il mal come bi-
    sogna,
La ruffiana verrà senza vergogna.

Les Dames de Scandinavie assistent dans ces courses, pour animer la rivalité de leurs amans ; les Dames d'Autriche s'y montrent parées de leurs diamans, dont le feu & l'éclat ne frappe que les yeux, & n'échauffe personne. Heureux conducteurs ; si le cœur de vos dames dégele en vous voyant !

Un Lapon préferoit la plaine de Monmartre, couverte de neige, aux

jardins de Verfailles , & un Ambaffadeur
d'Efpagne à Vienne , tout roidi & gelé ,
pour avoir paffé trois heures à cheval
fur fon bâton , dit à la Dame , qu'il
glaçoit de fes propos : *Signora , quan-
do verrà il piacere della Slitta?*

Magalotti a dépeint avec élégance
ces mêmes traineaux , autrement la voiture des graces.

Due rozzi legni in ruftico lavoro
uniti ,
Sicche , fra giacente e affifo ,
L'uom vi s'adagi , e sdruccioli con
loro ;
Son l'ordegno gentil , in cui fi faf-
cia
Di poche pelli e lieve feta il vifo ;
Contro l'afpra del gel mortal am-
bafcia.

Le bourgeois & la populace jouiffent
des mêmes prérogatives en Allémagne ;
c'en eft une de pouvoir être les finges

des Grands, & d'être imité par des finges.

J'ai vu des courfes pareilles, où les
conducteurs mafqués figuroient en Dieux
payens; j'y ai vu des fleurs végeter fous
la neige, Phébus refifter au frimat; j'y
ai vu geler le foleil.

Les plaifirs d'hyver, dans les grandes villes, confiftent afsés dans ce qu'on
appelle fêtes de carnaval. Quarante
jours avant Pâques, les bals déviennent
à rien; à l'exception des mafques qui ne
fe quittent point. Je ne fais fi ma femme eft contrefaite ou non, fi elle eft
blonde ou brune, dit le Comte R...;
depuis vingt ans, que nous fommes ma-
riés, je ne l'ai vue que parée. Il en
eft ainfi de beaucoup d'hommes, dégui-
fés dès leur enfance; & l'embaras de pa-
roitre nud ne rend la nudité de ces
Meffieurs que plus fufpecte.

Les repas les plus recherchés & les
plus fomptueux fe donnent l'hyver; la
moitié de ce qui refpire fur le globe
eft mangée par l'autre moitié. Cette
réfléxion m'a fait juger, que, fans tant

nous applaudir de la diverſité de nos appétits, & de cette infinité de moyens de les contenter, regardés comme béſoins indiſpenſables; nous nous trouverions beaucoup mieux, ſi nos rivieres contentoient à la fois la faim & la ſoif, que chaque contrée eût ſon fleuve de bouillie, ſa pâte alimentaire. Combien le bonheur & la force des habitans n'y gagneroient-ils pas! Le bonheur depend peut-être de la ſimplicité de nos alimens, d'une ſanté conſtante, de l'uniformité de nos inclinations & de nos gouts: nos mœurs ſont dérangées par les poiſons mortels, mis dans la claſſe des délicateſſes, par ceux même, qui comptent ne mourir jamais.

LETTRE X.

Danube. Il ſeroit à ſouhaiter que les eaux fuſſent malades, & qu'elles ne ſortiſſent de leurs lits que pour arroſer les plaines, qu'elles ſubmergent par trop de ſanté. Paſſez moi ce Calembourg.

Personne ne dispute à la petite
ville de Doneschingen en Suabe, l'honneur d'y voir naître le Danube ; rien
de plus faux cependant. La source de
ce fleuve est inconnue & dérive indubi-
tablement des petites rivieres de Briege
& de Breege au païs de Wurtemberg.
Au lieu d'examiner, l'homme se conten-
te d'une erreur, si elle lui est utile ; il
s'y plaît & en berce ses semblables.

En passant le Danube près de Vienne, armez vous de sang froid sur les
ponts d'ais pourris, dressés en l'air &
dessinés dans l'apocalipse. Un grand
monument, en lettres d'or, y figure
sur des pieux rouges & blancs. Milord
B... y jetta ses habits, passa à la nage,
& m'invita de le suivre.

Je fus peu surpris du parti que je
vis prendre à cet Anglois déterminé,
je le connoissois par des traits plus sail-
lans ; &, s'il y a de la différence entre
la prudence & la peur ; Milord B...
a fui le danger en homme réellement
courageux ; tandis que les Viennois, ha-
bitués à considérer les suites avec trop

d'attention, se noyeroient plutôt que de se prêter aux exemples.

Des vues, fondées sur la promtitude des expédiens autant que sur l'évaluation des profits casuels, autorisent cette charpente ; qui n'est pas plûtôt refaite qu'elle est détruite On la voit s'écrouler régulierement à tous les débacles d'hyver ; or cent ans de parcimonie ne rendent pas à l'Etat mille citoyens utiles, capables de fabriquer, d'entretenir & de défendre un pont de pierre.

Voyez les ruines du pont de Trajan, qu'Appollodore Damascène construisit sur le Danube, que l'Empereur Adrien démolit au deuxième siécle par politique ou par besoin ; & que l'on désireroit refait devant Vienne.

Si les hommes étoient plus agrestes, moins abatardis par la molesse & que nous enseignassions à nos enfans à passer les rivieres à la nage ; les ponts feroient des morceaux d'architecture superflus.

Nos escarpins, les souliers de damas, & les jarretieres brodées de nos femmes ont donné l'idée des quais ; abattez les ponts de Venise , il se présentera quelqu'un , qui projettera d'enlever les toits pour la commodité de ceux qui ne voyagent qu'en l'air,

Au pont de Galliopolis, de même qu'à celui du Rhin, un sou par passant certifie l'assiette de la charpente ; mais, ce dont personne ne garantit à ces châteaux branlants, c'est d'y périr. J'y vis un air inquiet à mon Guillaume. *Je crois que tu as peur*, lui demandai-je? *Non, Monsieur, c'est le pont qui tremble.*

Mon postillon m'avertit de descendre, à un assemblage de grues, sur la cime desquelles il s'agissoit de passer : *Me voilà consolé*, dit un Polonois, sur le point de traverser le fleuve avec moi; & le proverbe, que l'on se repete à Varsovie, se retrouve vérifié ici : *Polsky most, niemecky post, Wloskie nabozenstwo Wzyzkoto blazenstwo*; Pont de Pologne, carême d'Allemand, culte italien; tout n'est que folie dans ce bas monde.

Je vis planter le mai, à l'extrémité du même pont; devant la maison d'une jolie paisane, de laquelle un barbouilleur avoit estropié le portrait, heureusement placé si haut, qu'il disparoissoit aux yeux des spectateurs. Les assistans de la fête graverent, tour à tour, leurs noms dans l'écorce du mât; j'y mis ces trois mots:

Ignotæ nimphæ, ignotus.

Reconduit au son du chalumeau, je fus jetté bientôt au delà de tous les ponts de Venise & d'Abyde. —

LET.

LETTRE XI.

Sapientum liberi libri.

Trois fortes incommodités, du tems Visites, de Marie Therèse, défoloient l'étranger à Vienne ; c'est la recherche des caisses, la fouille de ses trésors litteraires , & la censure des livres. Vous promeniez-vous hors des portes, pour y voir ceux qui arrivoient ; vous vous figuriez être au bord du Styx , où les pauvres âmes errantes prient Caron de les passer les premieres.

Stabant errantes primi trasmittere
cursum ,
Navita sed tristes nunc hos , nunc ac-
cipit illos ;
Ast illos longo summotos arcet arena.

Après bien des rebuffades, on se saississoit de vos livres ; & dix jours après, vous pouviez compter sur une chasse pour les r'avoir.

D

Les Cenfeurs dans un fens, dit le Chevalier d'Arc, reffemblent affés aux Vénitiens, qui fe croyent les Maîtres de la mer, parce que leur Doge l'époufe annuellement; ils anathématifent un nombre de bons livres, que les gens de la police vendent & lifent, fans s'éclairer fur la turpitude d'un emploi dont ils abufent.

Un Seigneur Kamfchatkais, tranfplanté aux barrieres de Vienne, fe trouva dans une efpéce de gondole à quatre roues, lui neuvième; un gros chien loup, deux chiens & quatre chats Angola fur l'impérial . . . Les domeftiques, fur le derriere de la voiture & fur le fiége, crierent en latin de ne point approcher; les Douaniers, autorifés aux vifites, n'en tirerent pas moins à eux la portiere; mais, à l'afpect de cette énorme ménagerie, il étoit naturel qu'ils reculaffent. Après les queftions ordinaires, faites à portiere fermée, auxquelles perfonne dans la voiture ne pouvoit répondre; tous, loups, chats, hommes & femmes y compris, n'entendant que le Ruffe ou le Latin; un fecond Commis, qui avoit fait fes claffes à l'univerfité, fondée par Buridan, prit la parole & demanda en beau Latin, fi S. E. n'avoit rien con- t~e les ordonnances établies... *Ignoro*, dit le Ruffe, *currus hic continet lupum, feles, canes, uxorem, liberos*... *Ergo*, dit le fuppôt de St. Mathieu, qui prit *liberos* pour *libros*; *ergo in hoc cafu*, s'écria-t-il, *currus abibit ad cen- furam librorum prohibitorum*, en ce cas, le pâté entier fe préfentera à la cen- fure des livres défendus.

La chanteufe Agujari, connue fous l'épigraphe de la Baftardella, mariée de- puis au Sieur Colla, avoit figuré en An- gleterre à des enfeignes étrangères au chant; que l'on a célébrées en 1775; dans un poème intitulé: *The filver Thail*, ou le cul d'argent. Moins heureufe qu'Atalante, expofée dans un bois; un fan- glier, friand de chair humaine, la priva d'une moitié, dont le tout ne pouvoit être rem- placé que par une plaque de métail, qui imitoit le fond d'une affés jolie chofe.

La belle Italienne, en arrivant à Londres, fommée par les Douaniers de payer à raifon de cet uftencile d'ar- gent, ne refufa point de fatisfaire aux

droits établis, après que les Commis eu-
rent verifié néanmoins, l'un après l'autre,
le coin de l'écuelle.

Pythagore, aux portes de Vienne,
eût découvert fa cuiffe d'or, payé en
filence; & donné par là une nouvelle preuve de la réfignation du Philofophe, pour
les abus accredités dans un Etat, qu'il
eft bon de refpecter. Senéque & Mauper-
tuis auroient été d'accord fur le *mini-
mum* de la *Baftardella*, mis en oppofi-
tion avec le *maximum* d'une *Taïs*; &
cet accord, entre deux Philofophes, fe
feroit fait aux portes de Vienne.

LETTRE XII.

Môines.

L'Empereur continue de réformer l'E-
glife & de fupprimer les couvens de moines & de réligieufes. Ce qui, dans un
fiécle moins éclairé, eût pu coûter la
couronne & même la vie à un Souverain;

n'a pas ocafioné le moindre tumulte, ni l'ombre d'une revolte dans fes vaftes Etats. C'eft qu'on eft maintenant perfuadé, que les monafteres ne font rien moins qu'utiles à la réligion ; & que, pour prier Dieu, il n'eft pas néceflaire de fe retirer dans des déferts, ni de fe feparer du refte des mortels. C'eft qu'on ne regarde plus les moines que comme de pareffeux frêlons, qui confument & dévorent les fruits du travail de l'induftrieufe abeille.

Que les couvens fuffent la retraite de malheureux vieillards, épuifés par l'âge & les infirmités ; qu'on y admît ces triftes rebuts de la nature humaine, que la fortune pourfuit de la maniere la plus cruelle, & reduit à une indigence totale ; l'Etat fe trouveroit foulagé & l'humanité fatisfaite : mais qu'on y renferme des individus forts & vigoureux, que la Nature a formés pour le plaifir & pour la réproduction de leurs femblables ; qu'on y laiffe languir dans l'oifiveté des mains nerveufes, faites pour le travail ou pour la défenfe de la patrie ; c'eft ce que la raifon ne fauroit aprou-

D 3

ver, c'eſt ce que la réligion ne peut juſtifier.

Il eſt certain au contraire que la ré-ligion perd beaucoup, au ſacrifice que que les jeunes réligieux paroiſſent faire de la liberté de jouir des plaiſirs de la vie. Un corps robuſte & ſain, ſécon-dé par l'oiſiveté, par une nourriture abondante, par des jus ſucculens, par un vin pur & délicieux; s'échaufe d'autant plus, qu'il a moins d'occaſions de ſe livrer au penchant de la Nature. Delà viennent des déſirs ſans nombre, augmentés par la réfléxion, excités par la difficulté, enflamés ſouvent par la le-cture de livres, qui ne traitent pas tou-jours de la morale évangélique. On cherche donc à ſe ſatisfaire; on pour-ſuit le ſéxe avec la plus grande chaleur; on ſappe les fondemens de la pudeur par des maximes libertines, on lui re-préſente que la morale évangélique n'eſt faite que pour ceux qui ne ſavent pas jouir, on leur prêche celle de Ca-tulle, de Tibulle, d'Anacréon, d'Ovide. La qualité du prédicateur, ſon éloquen-ce, ſa bonne mine & ſon efferveſcence aident à la ſéduction; & telle vierge,

qui avoit réfifté à la robe, à l'uniforme,
à l'or du négociant, à la fortune du fi-
nancier, à la vanité du petit-maître;
cede aux efforts du froc ou du petit
collet, revêtu de nouvelles maximes &
d'argumens, qui paroiffent irréfiftibles.
Delà vient la grande célébrité des Car-
mes, des Cordéliers, des Auguftins &c;
dans les matieres de galanterie. Si du
moins les réligieux s'ocupoient de l'utilité
publique, en travaillant à l'épanouiffe-
ment de leurs cœurs; on pourroit ex-
cufer leurs foibleffes, en faveur de l'avantage qui en refulteroit pour l'Etat. Ceux,
par exemple, qui fe confacrent aux
miffions étrangeres, qui vont porter la
foi chez les infidèles, qui expofent leur
fang, leur tranquilité, leur vie, pour
diffiper les ténébres de l'dolâtrie; ceux
qui vont racheter les efclaves chréticns
dans ces pays, où la barbarie les tient
chargés de fers & expofés aux plus cruels
traitemens; ceux qui tiennent des écoles publiques & qui font profeffion d'inftruire cette partie de la jeuneffe qui,
faute de fecours, languit dans les ténébres de l'ignorance & manque d'inftru-
ction; ceux qui fe dévouent au ferviçe
des malades, de ces infortunés, que leur

trifte fituation force de chercher dans
les hopitaux une reffource & des fecours,
qu'ils ne peuvent trouver dans le fein de
leurs familles ; ceux enfin qui , à l'exemple des réligieux du mont S. Bernard,
donnent l'hofpitalité aux voyageurs, ra-
menent chez eux les infortunés qui fe
font egarés , réchaufent ceux qui font
tranfis de froid , r'animent ceux qui font
près de rendre les derniers foupirs , retirent des précipices ceux que l'ignorance ou quelque accident facheux y a fait
tomber ; & donnent à tous les fecours
& les remedes, que la charité de leurs
fondateurs a remis entre leurs mains :
tous les couvens, qui renferment des
moines de cette efpéce, méritent non
feulement d'être confervés, mais encore
d'être multipliés. Cependant je foutiens
toujours , qu'on ne devroit y admettre
que des hommes , libres par l'âge ou
par le temperament des fougues de la
jeuneffe libertine ; qui ne fentent plus
les éguillons de la chair ; & qui ne font
plus capables de prendre, fur l'honneur
des maris & fur la pudeur des vierges,
ce que la vie célibataire ne leur permet pas de trouver dans leurs couvens.

Je ne ſaurois m'empêcher de tranſcrire ici ce que M. Mallet du Pan nous dit de l'hoſpice du mont S. Bernard. Le portrait, qu'il fait des réligieux de ce couvent, eſt trop beau, trop édifiant; pour ne pas trouver ici ſa place. S'il eſt auſſi vrai qu'il eſt intéreſſant; c'eſt ce que je ne ſuis pas capable de décider; mais, s'il ne dit pas ce que ſont ces moines; il dit au moins ce qu'ils doivent être.

„ A la fin d'avril 1755, nous dit
„ cet écrivain, j'allois en Piémont par la
„ route du grand S. Bernard. Vers les
„ quatre heures de l'après midi, la pe-
„ tite caravane, avec laquelle j'avois
„ eſcaladé ce dangereux paſſage, arriva
„ au ſommet de la montagne; &, après
„ avoir réparé ſes forces dans l'hoſpice
„ élevé au milieu de ce déſert, elle ſe
„ remit en marche pour coucher le
„ même ſoir à la Val d'Aoſt. Déjà le
„ ſoleil avoit perdu ſa chaleur, & le
„ ciel même ſa ſérénité. Des nuages
„ commençoient à ſe traîner le long des
„ cimes des rochers, & s'amonceloient
„ dans les gorges étroites de cette
„ ſolitude. Au ſommet des Alpes, une

D 5

„ foirée nébuleufe amollit le courage;
„ je me décidai à paffer la nuit avec les
„ réligieux hofpitaliers, qui partageoient
„ mes preffentimens.

„ Ils ne nous trompèrent point. A
„ fix heures, ce plateau glacé fut pref-
„ que enféveli dans les ténèbres. Les
„ nuées, pouffées par un vent de nord-
„ oueft avec la rapidité d'une fléche,
„ tourbillonnoient autour de l'enceinte
„ des rochers ; déjà ils rétentiffoient du
„ bruit d'avalanches lointaines ; & des
„ atomes de neige ferrée, divifée com-
„ me la pouffiere ; foit en fe détachant
„ des montagnes, foit en tombant du
„ ciel, en interceptoient la foible lu-
„ miere & tous les objets d'alentour.

„ Tandis qu'auprès d'un bon feu
„ j'interrogeois le Prieur du couvent fur
„ les fuites de l'orage, les réligieux ho-
„ fpitaliers étoient allés remplir leurs
„ devoirs de circonftance, ou plútót
„ éxercer leurs vertus de tous les jours.
„ Chacun avoit pris fon pofte de dé-
„ vouement, dans ces Thermopyles gla-
„ ciales ; non pour y répouffer des en-
„ nemis, mais pour tendre une main

,, fécourable aux voyageurs perdus, de
,, tout rang, de tout culte, de toute
,, nation; & même aux animaux char-
,, gés de leur bagage. Quelques - uns
,, de ces fublimes folitaires graviffoient
,, les piramides de granit qui bordent
,, le chemin; pour y découvrir un con-
,, voi dans la détreffe & pour repondre
,, au cri de fecours; d'autres fraioient
,, le fentier, enféveli fous la neige frai-
,, chement tombée; au rifque de fe
,, perdre eux - mêmes dans les précipi-
,, ces; tous bravant le froid, les avalan-
,, ches, le danger de s'égarer; prefque
,, aveuglés par les tourbillons de neige
,, & prêtant une oreille attentive au
,, moindre bruit qui leur rappelloit la
,, voix humaine. Leur intrepidité égale
,, leur vigilance. Aucun malheureux ne
,, les apelle inutilement; ils le retirent
,, étoufé fous les débris des avalanches,
,, ils le r'animent agonifant de froid &
,, de terreur, ils le tranfportent fur les
,, bras; tandis que leurs piés gliffent
,, fur la glace ou s'enfoncent dans les
,, neiges: la nuit & le jour voilà leur
,, miniftere. Leur follicitude veille fur
,, l'humanité dans ces lieux maudits de
,, la Nature, où ils préfentent le fpe-

,, &acle habituel d'un héroïfme, qui ne
,, fera jamais chanté par nos flatteurs.

,, Depuis une heure entiere, cinq
,, réligieux & leurs domeftiques étoient
,, fur la trace des voyageurs ; lorfque
,, l'aboiement des chiens nous annonça
,, leur retour.Compagnons intelligens des
,, courfes de leurs maîtres, ces dogues
,, bienfaifans vont à la pifte des malheu-
,, reux ; ils dévancent les guides & le
,, font eux - mêmes : à la voix de ces
,, auxiliaires, le voiageur tranfi reprend
,, de l'efperance ; il fuit leurs veftiges
,, toujours furs : lorfque les chutes des
,, neiges, auffi promtes que l'éclair,
,, engloutiffent un paffager, les dogues
,, du St. Bernard le découvrent fous l'a-
,, bîme, y conduifent les réligieux, qui
,, retirent le cadavre & très fouvent le
,, reffufcitent.

,, Bientôt l'hofpice s'ouvrit à dix
,, perfonnes, épuifées de froid, de laffi-
,, tude & de fraieur. Leurs condu-
,, &eurs oublierent leurs propres fati-
,, gues; &, depuis le linge le plus blanc
,, jufqu'aux liqueurs les plus reftauran-
,, tes, tout ce que l'hofpitalité peut

„ ofrir de fecours & qu'on ne r'affem-
„ bleroit qu'à force d'argent dans les
„ auberges de nos villes, fut prêt dans
„ l'inftant, diftribué fans diftinction,
„ emploié avec autant d'adreffe que de
„ fenfibilité. "

Si cette image n'eft pas flattée; il
faut avouer que les réligieux du mont
S. Bernard aprochent de la nature des
anges, qu'on doit les regarder comme
des moines d'un ordre fupérieur, comme la gloire des folitaires & l'honneur
de l'humanité. Comparez la conduite
de ces héros avec la moleffe, l'indolence
& l'oifiveté des moines r'enfermés dans
les villes: vous ne pouvez vous imagi-
ner que ce font les enfans d'un même
pere, les difciples du même Maître, les
adorateurs du même Dieu, les fectateurs
de la même réligion.

Le vulgaire eft perfuadé que les
moines en général font ftupides & ignorans, parce qu'ils facrifient plûtot à
Bachus qu'à Minerve; & c'eft auffi la
penfée de l'auteur de la chanfon fur les
tentations de S. Antoine, quand il dit
en parlant des Démons:

Quelques - uns prirent le cochon

De Monsieur Saint Antoine;

Puis, lui mettant un capuchon,

Ils en firent un moine;

Il n'y manquoit que la façon,

La faridondaine, la faridondon;

Il en avoit déjà l'esprit, beribi,

A la façon de barbari, mon ami.

Pour moi, qui ne veux pas m'attirer leur disgrace; j'avouerai de bonne foi & sans difficulté; que, parmi quelques mille moines, on pourroit facilement trouver un homme d'esprit & un savant.

LETTRE XIII.

Perche fatto non ha l'alma Natura
Che fenza te poteffe nafcer l'huomo;
Come s'inefta per humana cura
L'un fopra l'altro; il pero, il forbo,
*   il pomo?*

ARIOSTO.

L'œuvre de la création, achevé en fix jours ; l'Efprit divin infpira enfuite à chaque être, deftiné à fe détruire, la belle faculté de régénerer de fes décombres : il doua l'éléphant de cette heureufe réfléxion, qui manque aux autres créatures dans l'apprêt de leur plaifir ; il fit que ce coloffe de chair eût un jour à fe préparer pour féconder fa compagne ; &, par un autre contrafte faillant, que la vermine, créée pour chatouiller le pubis des perfonnes fales & mal propres, en un quart d'heure répro-

Ecce Home.

duifit une horde entiere. Il dit, & le
fecret des embraffemens fe manifefta,
queue à queue chez la tortue, dos à
dos chez le chameau. La cigale fut
faite au vol, la mouche éphémere im-
prima fon fruit dans les narines de
fa frigane; l'efcargot fe communiqua fous
les deux efpéces, le cigne chanta fur la
femelle, le plaifir du moineau devint
le martire du chat, du leopard, du
tigre; il dit, & la Nature entiere forme & pétrit depuis des fiécles.

Après avoir éclairé l'homme fur l'important fecret de mouler fon femblable,
il refta au Souverain Maître le point le
plus difficile & le plus effentiel; celui
d'endoctriner la créature fur la maniere
d'engendrer, commune à tous les pays &
à toutes les fectes. Cet être balourd,
nullement inventif . . . . l'homme, in-
capable à l'inftant de fa naiffance de
faire le moindre ufage de fes organes,
plus foible qu'aucun des animaux dont
il eft le tiran; au lieu de s'empreffer à
propager; le premier plaifir de ce rifi-
ble animal fut de manger, fans s'aper-
cevoir encore que fon heureux penchant
tendoit à confommer l'acte le plus dé-
lectable

lectable & le plus important de son
espéce. Il ignoroit que l'aquis d'un devoir, qui fournissoit au premier travail,
fût en même tems celui du plaisir, qui
ne tarit jamais, se propage sans cesse;
& se fixe dans l'endroit, que la nature
lui a designé, pour être le réservoir respectable & prétieux qu'il porte sur soi;
où, après des années d'éxistence, il ne sait
pas encore puiser avec succès. Ce ne
fut point assés que le pere de tant de
sots, à la vue enchanteresse d'un objet
divin, se vît vaincu par la puissance du
plus beau spectacle de la Nature; il
falloit un exemple au Roi de l'univers;
il imita l'animal le plus proche de lui, &
peupla les deux segmens de la sphére
du monde, *more ferarum;* ce que nous
faisons aujourd'hui avec la simplicité d'un
oison.

L'ennui, cette maladie de l'âme, qui
aigrit tout, qui dégoute l'homme du plaisir même; inspira dans le 18me. siécle,
fécond en découvertes singulieres, à un
Phisicien *) de multiplier les espéces, sans

*) L'Abbé Spalanzani.

E

le concours du mâle; il fit deux chiens par l'action fimple d'une féringue, chauf-fée au bain-Marie. La chienne eut trois petits en 23 Jours; & le traité de la population de Mirabeau dévenoit inu-tile aux peres des peuples. *)

Les leçons d'imitation conduifirent l'homme à pourvoir à d'autres béfoins, non moins importans que celui d'exifter; il lui falloit un abri, à oppofer aux bê-tes féroces, aux frimats, aux ennemis de fon efpéce, aux amis de fa femme.

Cain vit le Caftor & prit l'idée d'une ville **); Adam & Salomon virent l'abeil-le, créerent les petites maifons & les boudoirs, Tubalcain inventa les cade-nats.

---

*) La Méthode de l'Abbé Spalanzani eft fi fimple, qu'on auroit tort d'en douter: mais, comme l'effentiel de fon expérience eft de fe procurer la femence du mâle, cette découverte ne re-vient à rien. Qui voudra fe fervir de l'in-vention de ce Phificien? Les hommes & les femmes prefereront toujours le vieux ftile, que la Nature a accompagné d'une jouiffance, que l'art ne peut jamais bien imiter.

**) Enochia.

Nous donnons dans notre fiécle é-
clairé des leçons à ces infectes; un Mé-
chanicien inventif vient d'établir dans les
ruches des lits pour les abeilles malades;
& des cabriolets tout à fait ingénieux,
pour faire promener les mouches con-
valefcentes.

LETTRE XIV.

Vous vous attendiez, mon cher T...,
à des complimens fur la naiffance d'un
fils, que votre belle S... vient d'efcamo-
ter à quelque Reine de France ou d'Egypte. Ce n'eft point un Prince qu'il faut
à l'univers accablé, mais un homme; &
dès lors, Rois ou pâtres jouent les mêmes rôles. Adieu, je vous jure que je
fuis à vous.

LETTRE XV.

Vous riez, mon bon ami, de ce que
la charmante Life a dupé le Marquis
de C...; en paſſant au ſervice d'un
jeune Seigneur, beaucoup plus jeune &
plus aimable que lui; mais tout le monde n'en rit pas. Le pauvre Marquis eſt
dans un acablement qui me fait pitié;
il invoque toutes les puiſſances de la terre à ſon ſecours, il ne parle que de
vengeance. Tous les objets ſe peignent
à ſes yeux ſous les couleurs les plus tri-
ſtes; il pleure comme un enfant, ou
plûtôt il joue le rôle d'Héraclite. Combien de fois cependant n'a-t-il pas ri
dans les autres, de ce dont il gémit aujourd'hui! Cet événement n'eſt rien moins
qu'extraordinaire; le Marquis eſt ſur le
retour de l'âge, ſon ſucceſſeur eſt dans
ſon printems: Venus aime les fleurs, &
c'eſt le printems qui les produit.

Ce qui doit le conſoler, c'eſt que
ſa Belle jouera peut-être le même tour
à ce nouveau Paris. Femme, qui n'eſt

pas fidele à fon premier amant, ne l'eft gueres au fecond. Le parti le plus raifonnable, pour le pauvre Marquis, feroit de rire avec les rieurs; ou d'attendre en filence qu'une noùvelle anecdote faffe oublier la fienne.

Ma voifine a fait un faux pas,
Je le fais, je n'en parle pas;

- - - - - - - - -

Autant il m'en pend à l'oreille.

Je vous ai dit que le Prince Piccolomini ne rioit jamais; je me fouviens cependant de l'avoir vu rire dans un cas, où tout autre auroit pleuré.

Après la bataille de Prague; le Comte de Schwerin, refolu de prendre fes quartiers d'hyver, fit faire, par fes troupes avancées, une attaque fur les Impériaux campés à Smirfitz. Son deffein étoit de nous cacher fa manœuvre. On entendit tirer: le Prince Piccolomini fe rendit fur la montagne des Croates devant Königgratz; & bientôt après on vit un incendie. Un Huffar arriva, aporta un écrit, dans lequel on mandoit au Prince, qu'on avoit incendié fa métairie.

Jl fourit à cette nouvelle ; & je fuis certain qu'à une autre nouvelle, qui eût infpiré la joie & le plaifir, on n'eût pas vu la trace du moindre fouris.

Un jour d'hyver de la même année, la nobleffe de Prague, amie du Comte Charles de Sporck relevant d'une maladie, l'étoit allé voir pour paffer la foirée avec lui ; le Prince Piccolomini y vint de même & s'affit fur un fopha. Un recollet entre ; tout le monde fut frappé. Sporck, en robe de chambre, demande ce qu'il défire. *Vous étiez avec moi au Collége*, dit le moine. *Pardon, mon pere, je n'ai jamais eté au Collége. -- Vous êtes le Comte Charles Sporck ? -- Oui, Monfieur, je le fuis.-- Donc vous étiez avec moi au collége ? -- Nego confequentiam* dit Sporck. Le cordelier s'échauffe, Sporck fe défend, & cette aubade, qui faifoit rire l'affemblée donnoit une fcène des plus divertiffantes ; tout le monde rit, excepté Piccolomini. Le cordelier s'en alla ; & long-tems après, le prince Piccolomini avoua, qu'il n'avoit jamais ri autant que ce foir là : Je ne ris point des lévres, dit-il à une Dame ; mon rire eft au dedans de moi; ce n'eſt point ma bouche, mais mon cœur qui ſe dilate.

LETTRE XVI.

Ramezès, Roi d'Egypte, pour faire hauſſer un obéliſque énorme, fit attacher deux de ſes enfans aux gruës; les ouvriers, craignant pour la vie des deux Princes, doublerent de force, & eleverent le coloſſe. C'eſt ainſi, mon cher, ... que pour le plaiſir de vous voir heureux, mon cœur eſt prêt à ſe rompre: Vivent les Poëtes!

Deux brebis accouplées s'avoiſinerent d'un cheval couché à terre; la corde qui les lioit chatouilla le cheval, qui ſe leva de maniere, que de chaque côté il y eut un brebis ſuſpendue: un Poëte exerça là deſſus ſa verve poétique:

Reſtis ovem binam, per ſpinam traxit equinam.
Laſſus ſurgit equus, ſurgit utrumque pecus.

E 4

LETTRE XVII.

Demi-
Nobleſſe

Les femmes de la demi-nobleſſe ſont tout ce que les hommes veulent qu'elles ſoient ; &, quand elles excédent dans leurs prétenſions, s'excuſant ſur les qualités de leurs maris, des légions de Rolands ou de Lutins ſe préſentent alors pour pacifier les contraſtes. Juſqu'ici, les choſes ſont aſſés comme partout; ce n'eſt point au naturaliſte à créer de nouveaux êtres, il ſe borne à les décrire.

Tout homme eſt bien reçu parmi elles, s'il eſt magnifiquement habillé. J'affectois les ridiculités du jour, pour éprouver le gout de ces Dames; il me fut impoſſible néanmoins de paſſer pour ridicule ; j'étois trop bien habillé pour cela. On ne parle jamais mal, on ne fait jamais rien de méſſéant à leur égard, quand on a un bel habit & des glands en guiſe de boutons. Il y a des endroits, je le repéte ici, qu'il faut paſſer en ſautant, pour ne pas être pris de la fiévre. Ah ! Monſieur, que j'ai ſauté

& danfé depuis un tems! Je ne nom-
merai point la ville qui m'a donné ce
bal ; par la raifon peut-être, que je
prends toujours de grandes méfures, pour
ne pas faire injure à ceux, qui font dans
l'habitude de les fupporter fans reffenti-
ment.

Dès le tems de Juvenal ; bien des
femmes euffent racheté la mort de leur
petit chien par celle de leurs maris. En
mode, comme en amour, dit Tacite,
le Germain eft le finge des autres peuples ; l'art du Ruffe eft de plaire fans y
penfer ; l'Allemand y penfe trop ; mais,
en quoi il préfere fon miroir à la glace
de fon voifin, c'eft que l'orgueil y regarde.

Rien de trop, dévroit être le mot
du guet de tout homme, qui combat
fur cette miferable terre. Il eft, j'en
conviens, quelques vertus au fond de
ma patrie, vertus fauvages cependant.
Petrarque, en parlant de la défaite de
Marius, en cite un exemple, en accufant
nos femmes d'y avoir paru trop chaftes.

*Poi le tedesche , con aspra morte ,
servar la lor barbarica honeftade.*

Pourquoi dans la claffe des papillons,
comme dans l'humaine efpéce , la beauté eft-elle l'appanage de la femme ; &
que, parmi les oifeaux, le mâle au
contraire eft plus heau que la fémelle ?
C'eft un problème, que la Nature a dédaigné de réfoudre encore.

Les illuftres Mortels ont bien moins
raifon de fe targuer du chimérique avantage de furvivre aux viciffitudes de leur
efpéce, que les infectes. Le colibri ,
le papillon, le fcarabée à dimants feront
longtems , par les brillantes couleurs
qui les diftinguent du refte des créatures, l'admiration des contemplateurs de
la Nature; pendant que les carcaffes de
nos plus célèbres morts en exciteront le
dégout & la pitié. Fénelon nous parle
de la Bétique comme d'un paradis terre-
ftre; la Nature, qui avoit fait naitre ces
heureux habitans, les avoit mis à l'abri
des nations inquietes, & guerroiantes de
l'Ibérie.

La Bétique de l'Allemagne est la Saxe ; elle envie, au miferable habitant des
Alpes, fes monts & fes barrieres. Ne
pouvant préfenter aux Vandales fes voifins que la moitié de fes peuples, armés
pour défendre fes moiffons dorées, cueillies par l'autre moitié ; elle convertit le
fer , devenu dans fes forges un métal
indifpenfable pour fa défenfe, en mille
agrès utiles à la patrie.

Ce n'eft pas le tonnerre qu'elle forge,
c'eft fon épouvantail ... Livrez, aban-
donnez vous à ces travaux, chers Saxons,
ils vous font néceffaires ; allez dans les
temples, portez y des offrandes d'airain,
de fer, ou d'or ; mais apportez en des
enfans pour récompenfe.

Le fer, fabriqué jadis en Saxe , fe
tranfportoit fur l'Erfel, mariée au fleuve
Neffe ; alliance à mettre en comparaifon
avec celle du Doge ; mais ce qui n'eft
point ordinaire dans cette alliance, c'eft
que le mari n'eft point de glace, la
Neffe ne gelant jamais.

Les allures courantes de la ville où
l'on eft font prefque toujours l'objet

le plus intéreſſant des caquets domeſti-
ques ; un perroquet, devenu l'écho d'u-
ne famille, un repas d'étalage, un enterrement, & des mariages font l'affiche
du jour, qu'il faut lire avant de ſe préſenter dans un cercle.

On ne parle aujourd'hui que de l'é-
lephant malade ; un homme d'eſprit fit
bailler l'aſſemblée, en parlant d'un grand
homme. L'arrivée d'un joueur reveilla
les eſprits, & le recit de la mort de
Voltaire y remit l'allégreſſe.

Les premiers jours de votre début,
dans une grande partie des maiſons d'Autriche ; vous prendriez les habitans pour
être tous de la même famille, tant vous
les croirez informés, maiſon par maiſon,
de leurs intérêts particuliers. On n'y
eſt point jaloux de ſa maitreſſe, on l'eſt
de la conduite de ſon voiſin : on parle
peu des Princes, mais beaucoup de tout
le monde ; &, ce qu'il y a de ſingulier
dans cette controverſe, c'eſt que vous
pouvez vous mêler à ces caquets, en bien
ou en mal, ſans qu'il en réſulte le moindre inconvénient. On vous ſaura gré, au
contraire, d'avoir déraiſonné à propos ; &

c'eſt un ſûr moyen de s'y faire des amis ;
mais quels amis ! Allez à la campagne ,
perdez vous parmi les nobles, avec la ferme intention d'y faire des connoiſſances
utiles ; ſortez de là , vous ne vous ſou-
viendrez plus du commencement de leurs
diſcours , & n'en entendrez pas la fin.

J'ai vu rire des femmes à l'annonce
d'un mort , & les ai vu pleurer aux ma-
rionettes.

Un autre inconvénient de mes compatriotes, c'eſt qu'ils ne ſont jamais plus
occupés que quand ils ne ſont rien ; &,
dans le nombre des maiſons , auprès des
quelles on s'écrieroit avec Sénéque :
Voilà le ſépulchre où git Vaccia ; on
en voit peu, où le mot de Sevére, *tra-
vaillons* , écarte les importuns & attire
les amis utiles.

Si ce tableau eſt exact ; ſi le plaiſir
de la médiſance échoue, ſans nul avantage pour la malignité ; c'eſt dans la rencontre d'un ſage de tous les pays & de
tous les ſiécles.

Eines Edlen, deſſen Herz ſo gütig
und menſchenfreundlich,
Deſſen Geiſt ſo groß und ſchön,
Deſſen Nam Chriſtian Sternberg iſt.

LETTRE XVIII.

La Nature, dans ſes jeux, a donné aux hommes l'idée des leurs. Ces pierres figurées, que l'on rencontre ſous autant de formes diverſes qu'en peuvent donner les différentes combinaiſons fortuites à des ſubſtances dans un état de molleſſe, ont ſuggeré aux Egyptiens l'invention du tarot, jeu de cartes propre à l'Italie. L'imagination préoccupée y voit ſouvent des objets, ou des formes plus décidées qu'elles ne le ſont réellement. L'art vient au ſecours pour abuſer les curieux, la molleſſe s'y prête; le Sibarite la préfere à l'effort de la vaincre, croit voir les quatre as empreints ſur une table de marbre, invente un jeu, & deshonore l'induſtrie.

Il fuffit qu'un jeu étranger nouvel-
lement inventé paroiffe, pour qu'il faffe
fenfation ; c'eft domage, qu'en rappro-
chant nos gouts de ceux de l'Italien,
de l'Anglois, du François, du Chinois ;
on ait le défagrément de voir que le
Huron & l'Iroquois mange nos curieux,
que le Patagon puiffe les écrafer entre
fes doigts, & que l'on perde le nés &
les oreilles, en jouant dans les climats
glacés des Sibériens & des Lapons ; tant
il eft vrai que le jeu ne vaut pas la
chandelle.

Perfonne, après Michel Ange, que
je regarde comme le feul homme uni-
verfel qui ait jamais exifté dans la pra-
tique des arts, peintre, architecte,
fculpteur à un dégré éminent, n'a eu
comme lui trois grands talents à la fois.
Un joueur y en ajouteroit un quatriè-
me, celui d'avoir imaginé le jeu de cartes extraordinaire, connu fous le nom
de *Menchiate*. C'eft à Sienne que ce
grand homme enfeigna ce jeu aux enfans, pour leur apprendre à fupputer ;
le Pape du *Menchiate* etoit Innocent X ;
& c'eft de là que le mot de *Menchione*
a paffé à l'Académie della Crufca.

Il n'eſt point de ſi chetif payſan en
Islande, qui n'ait chez lui ſon jeu d'é-
checs fait de ſa main, & d'os de poiſ-
ſon taillé avec la pointe de ſon couteau;
la différence qu'il y a de leurs piéces
aux nôtres, c'eſt que nos fous ſont chez
eux des Evêques. Ils prétendent que
les éclefiaſtiques doivent être près de la
perſonne des Rois.

A voir le ſang froid de l'Islandois,
en jouant; on croit voir Théodore Roi
des Goths s'eſcrimer avec quelque habile joueur de ſon tems.

Théodore, dit Sydonius, jouant aux
échecs, ſe taiſoit en gagnant, rioit quand
il perdoit; ſon âme, tranquile dans
toute circonſtance, raiſonnoit jusques
dans ſes délaſſemens. *)

Il

*) Theodorus Gothorum rex in bonis jactibus
tacet, in malis ridet, in neutris non irafcitur,
in utrisque philofophatur.

Ströpke, endroit célébre au Duché de Hal-
berſtadt, eſt renommé par l'uſage ancien.

Il n'y a proprement aucun utencile propre, aucun instrument affecté à tel ou tel art ; au défaut d'agrès, le génie supplée à tout.

Un sculpteur paria qu'il feroit une statue avec une pioche ; un prisonnier fit des montres de paille avec son simple canif ; un fou, c'est à dire un homme dont le génie est au *non plus ultra*, jouoit aux échecs, en se servant pour cela de cartes françoises ... Pourquoi non ? Mr. Court des Gobelins, n'a-t-il pas publié depuis peu un rêve mystérieux sur les cartes de tarot, connu & fondé sur la mythologie & les hiérogliphes des Egyptiens ?

---

qu' ont les habitans d'aquiter leurs impots en jouant aux échecs avec les Commissaires du Roi. A chaque avénement au trône, ce petit peuple régale son Prince d'un echiquier d'argent, présent d'autant plus agreable au Monarque, s'il est philosophe, qu'il constate l'obeissance & l'industrie de quelques, uns de ses Sujets. Il n'y a point d'exemple d'une partie perdue de la part des Strôpkins contre les Commissaires.

Dans les opérations, qui ne tiennent qu'à l'imagination, on a vu le singe se servir de la patte du chat pour tirer les marons du feu, & M N... se donner des héritiers avec le joujou des Demoiselles.

LETTRE XIX.

La facilité de pénétrer parmi la noblesse est entiere à Vienne; le concours des étrangers de marque y est fréquent: les plaisirs du carnaval sont trés vifs, & les repas des Grands somptueux & splendides. Le plaisir du gout cesse, lorsque le suc est précipité par les conduits de la gorge, pour se distiller dans les arteres; cela n'empêche pas que l'avantgout d'une indigestion ne soit quelque chose de bien agréable.

Deinde voluptas est à succo in fine palati, cum vero per fauces præcipitavit, nulla est, dum dividitur omneis in artus.

LUCR. Lib. 4.

Je me fuis fouvent ennuyé de la maniere de manger, qu'on obferve à ce qu'on appelle grandes tables. Quelque long tems qu'on foit à table, on n'y profere pas un feul mot; fans que j'imagine aucune raifon, qui puiffe juftifier ces demi - Ha poocrates. Je m'imagine voir plufieurs bêtes attachées à un ratelier, toutes occupées de leur fourage; je me crois fourd quelque fois, dans toute la fignification du mot. Ne convient - il pas mieux aux hommes, dans leurs actions les plus animales, de les faire en hommes, c'eft à dire, de fe diftinguer des brutes? Jl me paroit même que la fanté y trouve mieux fon compte, puifqu'en converfant on mange avec moins de précipitation, & qu'ainfi on donne le tems aux morceaux de fe reconnoitre pour ainfi dire, de s'arranger & de fe placer à profit. Ajoutons à cela l'expérience, qui nous apprend que la table contribue d'ordinaire à faire un agrément dans le commerce de la vie civile; fouvent on y lie des amitiés, on y forme des réconciliations, on y refoud même des difficultés, par une certaine liberté que la bonne chere donne à l'efprit; & par l'émulation que produit

preſque toujours l'aſſemblée des honnêtes gens.

De tous les agrémens, peu de Viennois connoiſſent celui qne la converſation ſuggere; comme une ſuite de l'a-
mour, ou de l'amitié, de l'eſtime, &
de l'amuſement, de l'interêt, du choix
& du plaiſir d'être enſemble.

L'*Augarten*, le *Prater* & les grandes allées qui y menent, ont de quoi
ſatisfaire les oiſifs. Quant à moi, qui
préfere des figures, mouvantes & parlantes, à celles qui ne bougent point
& ne diſent mot à perſonne; je vous
avoue que je regarde ces longues allées,
comme plus propres à des courſes de
chevaux; que pour ſervir de promenoir
à des gens qui converſent.

Il n'eſt ſi petit art parmi nous, qui
n'éxige une étude conſommée de la part
de ceux qui s'en occupent. L'étude du
cuiſinier, perfectionnée par l'intempé-
rance des Grands, accoutume les ſens à
la cupidité; mais, en revanche, elle cal-
me chez les gourmets la crainte de la
mort. Que d'heureux empoiſonneurs

diffipent, en combinant, l'amour de la vie par le plaifir de la détruire !

Apicius modernes ; fixez pour un moment le fobre & frugal Africain, cueillant dans fon verger un bel *Aavora*, reffemblant à l'ocuf. Ce fruit falubre a le gout de la chair la plus exquife : & la faveur du melon. Il donne, quand on le preffe, un jus reftaurant, délicieux : fon noiau, dur & poli, percé pour ainfi dire exprés, pour fervir de luxe aux belles Maures ; recompenfe le jardinier des peines de fon travail. Poli, il fe vend à l'inftar de nos Agathes d'Europe, & fi nous jouiffons de mille avantages minutieux, inconnus aux peuples du continent d'Afrique, nous paions affés cher notre diner ; la Nature fait les frais du leur.

Chaque pays a fa maniere de converfer particuliere. Le François met l'entretien dans la parole ; il n'y a cependant rien de meilleur, pour former l'efprit d'un jeune homme, que de parler peu, & d'écouter beaucoup. Les gens d'âge fe taifent, & comme ce contrefens a lieu principalement devant les

E 3.

femmes ; ne diroit - on pas qu'il n'appar-
tient qu'à la jeuneſſe d'enchanter par
la parole ? L'Anglois ſe tait & contemple, ſans que ſon ſilence ſoit toujours
celui du raiſonnement. En général, la
belle converſation en Angleterre conſiſte
à converſer avec ſoi - même ; ſi ce n'eſt
que, dans ce genre de commerce, on
riſque ſouvent de ne s'entretenir qu'a-
vec un ſot. L'Allemand, ſemblable aux
Andabates, qui combattoient avec un
bandeau devant les yeux, ne ſait s'il
étale ſes bonnes qualités, ou s'il cache
ſes défauts ; & la vivacité d'eſprit, chez
le Viennois, annonce preſque toujours
quelque délire ou la fiévre.

Un Roi de Lidie mangea ſa propre
femme par voracité & en une nuit.

Un riche Seigneur enrageoit de ne
pouvoir manger que ſon bien.

Trop de jeu & pas aſſés de commerce dans cette ville. Le livre des
Rois ; les cartes ſont la ſeule reſſource
d'un pays, ou les arts n'occupent encore
perſonne ; là, dis - je, où l'homme n'eſt
connu qu'à titre de beau joueur, où on
n'apprécie en lui que l'or qu'il jette.

LETTRE XX.

L'homme de société en Allemagne se-   Societé.
ra difficilement bel esprit ; il aura en
échange l'esprit droit, il fait de plus
le grand art de vivre, avec ceux qui
n'ont point d'esprit.

Cent Princes, qui gouvernent l'Allemagne, ont l'attention d'écarter l'esprit fort *) L'éducation, mille préjugés,
cent sectes s'opposent à l'esprit vaste ;
il ne reste à ma patrie que le bon esprit ; celui de tous les pays, de toutes
les réligions & de tous les peuples.

Velasca, fille d'un courage au dessus de son séxe, créa en Bohème une
république d'Amazones ; ce qu'elle fit
par la valeur, cent jolies femmes l'éxe-

F 4

---

*) Il n'y a point d'athées chez les Barbares ; &
les Philosophes, taxés d'impieté par les païens,
avoient les idées les plus solides sur la Divinite.

Le GENDRE.

cutent aujourd'hui par les graces. La Société se prête à Prague à la même aisance, que les François mettent à la leur; si ce n'est que la haute noblesse ne renonce point encore à la triste prérogative de ne voir parmi elle, que des hommes aussi gothiques que ses châteaux.

Les Rois, qui aiment qu'on tienne à leurs personnes, & qui se défient avec raison de leur dignité; ont toujours reconnu dans les Bohèmes des sujets fidèles, des citoyens zélés, des peres tendres. Les Saxons, les Prussiens & les François, que le sort des armes avoit amenés dans ce royaume, l'ont orné par les mœurs, amélioré par l'exemple.

Tous les habitans de Prague n'ont à la vérité point lu le sistème de la civilité; mais, comme la politesse est dans le cœur, il est égal que leur maintien soit plus au moins exact; on n'est pas toujours exposé aux regards des sculpteurs, des graveurs, des peintres.

LETTRE XXI.

Peu de personnes conçoivent, dit un Titres.
auteur, que les titres descendent toujours ; parce que les hommes veulent
toujours monter. Les titres ne dénotent
aucune idée fixe ; un même titre se rapporte à plusieurs sortes d'individus. Le
titre de Roi convient à celui à qui
echeoit la féve, ainsi que celui d'Abbé
au Magistrat laïque de Gènes, nommé
l'Abbé du peuple. Les Polonois, en se
saluant, s'appellent Messieurs les très-
gratieux freres : *Mosci Panni wiz Bra-
dizie.*

Wenceslas, Roi de Bohème, appelloit le bourreau son parrain ; le premier
cocher du Roi de Naples est Duc ; tel
homme n'a aucun titre, tel autre en a
plus d'un.

Dans une ville, où le bon ordre
écarte les mendiants ; un de ces pauvres
de place pria un chasse - coquin borgne,
de lui permettre de ne gueuser qu'un

F 5

feul quart d'heure; & pour parvenir à
fon but, il l'appella Roi clairvoyant des
gueux.

Les titres, le croiroit-on, influent
fur les ouvrages d'efprit; un livre, qui
n'excede point dans fon titre, eft un Roi
mort dès la premiere heure de fon règne.
On demanderoit volontiers, où eft le livre qui fatisfaffe au titre? Les bons livres n'ont pas béfoin d'affiche, où font
les titres qui leur conviennent?

Si vous voulez diftinguer l'homme de
la capitale d'avec l'homme de province;
comptez fes titres.

Il y a dans la plupart des châteaux
d'Allemagne de petits diamans, tranf-
mis de pere en fils, pour incifer dans les
vitres de leurs falles des prérogatives,
qui diftinguent les familles; on a grand
foin de placer les étrangers vis-à-vis
de ces gravures, & l'on obferve, à la
phifionomie des lecteurs, l'effet que la
grandeur du fujet peut avoir produit fur
eux. *Plura funt vocabula quam ne-
gotia.*

Milord Chesterfield dit quelque part, qu'on avoit vu manquer une négotiation auprès d'un Prince d'Allemagne ; par ce que, de vingt de ses titres, l'Ambassadeur ne lui en avoit donné que dix-neuf.

Je me flatte que ma lettre ne manquera pas son but, quoique de neuf titres, que vous m'aviez chargé de mettre sur votre adresse je n'y en aie mis que sept. Avec les titres aussi glorieux que vous venez d'aquerir dans la littérature par un ouvrage unique ; vous pourriez, ce me semble, vous passer de tous les autres. Pour ce qui est de moi, je n'ai de titre que moi-même.

Pourquoi épargnerai-je, dit un auteur du jour ? Je n'ai aucun titre, je ne suis ni mari ni pere. Lucianiste achevé, il ne vouloit point se marier, pour ne pas enrichir le Créateur.

LETTRE XXII.

Allemagne. L'Allemagne est, à quelques exceptions près, le tableau de l'ancienne Gréce. Cent nations différentes habitoient la presqu'île du Poloponèse, & le petit continent de la Gréce propre ; cent peuples occupent aujourd'hui l'immense terrain de l'Allemagne. Vous y trouverez l'amabilité des Athéniens, la rigueur de la discipline militaire, & la valeur des Spartiates, l'énergie des Corinthiens, l'obfervance des pratiques réligieuses des Romains. Ne soyez pas surpris après cela, de voir des Cours polies & brillantes s'élever au milieu des armes, au bruit de la guerre ; qui n'est elle - même qu'un opera fans musique.

Fréderic donna des spectacles comme Périclès, dans les tems, où le Dieu des batailles sévissoit aux frontières de ses Etats ; & Catherine vouloit que, malgré les appprès d'une guerre dispendieuse, les divertissemens de l'hyver continuassent dans les siens. *Je souffre, il est vrai,*

dit le Roi de Pruſſe, *de voir troubler
le repos de mes ſujets; mais je veux
au moins ne pas troubler leurs plaiſirs.*
Tant que, dans un miroir ardent, les
rayons n'occupent que la circonférence
de la ſphere, ils ne ſont point dangereux; parvenus au centre, ils embraſent.

Je ſuis dégouté de tout ce qu'on appelle traité d'éducation; un ſeul bon livre ſur l'habitude détruiroit tout ce qu'on
a écrit juſqu'ici pour former la jeuneſſe;
& lui faire contracter des habitudes heureuſes. La coutume eſt la ſeule régle de
nos actions, &, ce que nous appellons
éducation, n'eſt en effet qu'une habitude
priſe de bonne heure. Le Chancellier
Bacon avoit projetté d'écrire ſur l'humeur qui conduit à l'habitude; il a jetté
ſon livre au feu, en réfléchiſſant qu'il
étoit trop vieux pour changer de penchant.

Pour donner un échantillon de la
maniere dont on éleve aſſés communé-
ment les enfans dans nos maiſons, je
pourrois me citer pour modele; & cet
article, trop intéreſſant pour moi, dont
la réforme m'a bien couté, ne ſeroit

point déplacé dans le recueil des difpa-
rates humaines.

Wir gehen doch nicht den Weg auf
dem man gehen soll,
Wir gehen, wohin auch andre gehen...
Wir leben wie man lebt; und sterben
beyspielsvoll.

D.

*Pergentes non qua eundum eſt, fed qua
itur,
Nec ad rationem, fed ad fimilitudinem
Vivimus: alienisque perimus exemplis.*

SENECA.

On ne prête pas pas au Lombard fur
les ouvrages d'esprit, tandis qu'un feul
diamant, ployé dans la courbure d'une
papillotte, fait rouler les monceaux
d'or. Celui, qui s'en empare, a fouvent
honte de les recevoir ; fa reſſource dévient fon malheur, par le fecret, qu'il
y attache : *Tanti pœnitere non emo.*

Tacite ne dit point ce que l'Allemand feroit de nos jours. Il paroit, à la verité, fous l'aurore du favoir plus tard que fes voifins ; fi cependant, dans fa primeur, il n'atteint point également à la même profondeur des trois nations éclairées, il préfente à fon tour un nouveau genre à l'Europe furprife ; celui de l'énergie, fupérieurement conçue par le feul Allemand peut-être. C'eft la force du bois, qui doit tout aux élans da la Nature.

L'ordre confus des âges met l'homme dans l'incertitude, de fe conformer à celui qui convient à fon fiécle.

Paffo lo fieclo de oro,
Paffo lo de platta,
Paffo lo de Hierro,
Vive lo de cuorno.

Le fiécle d'or eft paffé, de même que celui d'argent & de fer ; vive le fiécle de corne !

Perſonne ne niera que, dans un ſiécle de lumiere comme le nôtre, l'Allemagne ne participe encore à tous ces âges; mais notre bonheur ſeroit complet, ſi nos neveux ajoutoient à ces époques des connoiſſances étrangeres à nos peres, principalement celle d'eux-mêmes; qu'ils n'euſſent que des amis capables de les inſtruire ſur les talens qui leur conviennent.

Tant que l'on n'établira pas une académie de moeurs, qui preſcrive l'urbanité & la décence dans nos pays; on confondra longtems encore les airs libres, la gaieté, l'uſage du monde; avec la licence, le bruit des voix & la joie impudente des tavernes.

Il eſt rare, que dans l'éducation allemande on préconiſe la décence. Louis de Gonzage, jouant aux gages touchés & devant en racheter un, en baiſant l'ombre d'une Dame ſur le mur, tomba en foibleſſe. Sans porter le ſcrupule à tel point, jeunes Athlétes, ſoyez décents & reſtez Allemands, ſi vous pouvez.

Gou-

Gouverneurs, officiers de morale, employés à redreſſer de jeunes p'antes; inſpirez de la décence à vos éleves, & repoſez vous; leurs moeurs ſe formeront d'elles - mêmes.

LETTRE XXIII.

Si mes lettres vous intéreſſent, mon cher, ſouvenez vous que deux Monarques unis regardent Vienne & Berlin comme une même ville, toutes les fois qu'il s'agit du bien des hommes. Charmez votre ennui, &, ſi ce n'eſt pas l'augmenter, penſez à moi. Nous nous ſommes dit ſouvent: *Vienne, mere ville pour ſes fondations, métropolitaine pour ſes dévotions, capitale pour ſon libertinage;* c'eſt ici la place du *ſæpe ſieſpiter* d'Horace: cent vertus à réformer, mille vices à detruire. *Je ne redreſſerai point tous les contreſens, qui ſont dans Rome, dit Benoit XIV, 'empêcberai qu'ils ne nuiſent* Joſeph II, attentif à des réformes ſérieuſes, y parviendra par la confiance

Vienne.

G

qu'il infpire à fes fujets. L'amour des
peuples rend tout poſſible; plus il con-
fine à la nature, plus il approche de la
perfection.

Vous ne fauriez croire, combien l'oeil
de l'Empereur pénetre dans l'avenir poſſible; rien n'échappe au coup d'oeil du
Monarque.

Ce qu'il a fait jusqu'à prefent le
met au rang des plus grands Rois. Le
refpect, que l'on défere aux tyrans,
eſt celui de la crainte; celui, que l'on
rend à Joſeph II, eſt une fuite de
l'amour qu'on a pour lui.

Un nom, fouvent prononcé à Vienne,
eſt le nom du Prince de Kauniz. Ce
Seigneur eſt d'un abord, qui ne ſied
qu'à lui; indifferent fur le fuffrage de
la multitude, il eſt d'un accueil impo-
fant, mais fincere; n'éxigeant rien, ex-
cufant tout; il ne veut point voir de
complimenteur & ne le veut point être.
Vienne lui doit l'établiſſement du bon
gout, l'encouragement dans les arts,
l'idée de la vraie grandeur, qui guide
aux fciences, comme à l'eſtime des gens

de lettres. Il a devancé les Viennois dans le difcernement & dans l'efprit; on fait aujourdhui la différence qu'il y a, entre bonne focieté & focieté excellente. Le luxe, n'y détruifant pas les arts utiles, dévenoit pour Vienne ancienne un vice attrayant; Mr. de Kauniz l'a rendu néceffaire. Vienne n'intéreffe, que depuis que ce Miniftre y attire les connoiffeurs qui voyagent; & cette ville, qu'il défirerait de voir embellie, aggrandie, ornée, dévient fous fes yeux un monument contemporain de la poliffure du Viennois.

Le portrait du Maréchal de Loudon, duquel vous avez vu plufieurs esquiffes très - reffemblantes à Londres & à Paris, fe trouve dans peu de maifons à Vienne; il y paroit peu lui-même Un Général, dit François I, eft regardé par la Cour comme un Roi le premier jour, au retour de fes campagnes glorieufes; le fecond, comme un Prince; & le troifiéme comme un foldat.

Il n'en eft pas ainfi d'un homme d'Etat; on a les yeux fur lui, on le fixe long-tems; occupés de fes actions, nous

G 2

nous attribuons le bien qu'il fait; fans partager fes disgraces; nous le regrettons au départ, pour nous confoler de fon abfence.

Ces deux perfonnes, également utiles à une nation, ne jouiffent cependant point des mêmes prérogatives; la raifon en feroit-elle, que, dans le premier fujet, le peuple voit le héros de la patrie, & dans le fecond l'homme de guerre, qu'il n'aime que par béfoin. Un penchant plus attrayant l'attache au Miniftre, cru l'homme de la paix, qu'un Général d'armée lui enleve par des victoires, ou par des défaites. Le livre de Mr. de Buffon eft par analogie l'hiftoire des peuples: l'orgueil des nations ne s'accommode cependant point de toutes ces reffemblances; &, en difant que l'homme eft le plus beau chef d'œuvre de la Nature, chaque *autoriole* fe nommera de préférence.

L'orgueilleux fe dit à lui même;
Je fuis le Dieu de l'univers.

Vienne étoit du tems des Romains un *ftativum*; une ftation, où la garni-

fon concentrée d'une province fron-
tiere avoit établi un *point central*, pour
défendre la rive du Danube contre les
Marcomans & les Sarmates. La ville de
Crems étoit alors le point central de la
flotte romaine, qui protégeoit le fleuve
dans la partie fupérieure de la Pannonie.

On y trouve quelques anciens monumens, abandonnés par ces courageux
& politiques vainqueurs du monde.

La place de parade à Vienne étoit du
tems des Romains le *caftrum* de la
double légion, qui réfidoit dans cette
province.

On trouve à Hern-als des reftes d'un
aqueduc, qui conduifoit les eaux falubres
dans le *caftrum* de la légion; on y dé-
terre des tuiles de terre cuite presqu'in-
deftructibles, & on y voit comme un
refte d'infcription.

L'entrée de la bibliothéque impériale à Vienne étale fur les murs de
grands quarreaux de pierre, qui fer-
voient de couvercles aux catafalques des

G 3

Préfets & aux pierres funeraires de quelques Chevaliers romains.

Cette ville, comme je viens de dire, étoit par sa position le point central du lieu de défense, contre les Marcomans & les Sarmates ; du tems d'Antoine & de César, combattant pour la souveraineté & pour l'amour.

Un célébre monument turc est le *Heidenschuß* ; enseigne d'une maison particuliere, située au pied du fossé des anciens Romains, nommée aujourd'hui le *Tieffengraben*. Des boulangers y entendirent le mineur turc, creusant pour se faire jour, & donnerent par là le signal de la défense générale.

Parmi les monumens modernes se trouve l'église de St. Charles, bâtie en memoire de la peste. Les Romains avoient dressé un temple à la santé ; mais à Vienne on a des vues plus efficaces, c'est aux Saints que l'on s'adresse ; cette église est bâtie sur le modele de celle de Ste. Sophie à Constantinople. La mosaïque & la peinture à fresque y sont de main de maitre. La tour de S. Etienne est certainement un monument remarquable; je n'y porte néanmoins jamais la vue qu'avec dépit; je me rapelle le tems, où Solimam força le Viennois d'abattre l'aigle impériale & d'y arborer le croiffant. Pour que le canon épargnât cet édifice; le foible Commandant n'envifagea dans cette action que la tour; la nation ne confulta que fa peur, mais la poftérité y voit le deshonneur & le blâme.

L'arrivée du Prince Stahrenberg, Miniftre plénipotentiaire & Gouverneur des Païs-bas ad *interim* en 177 *** , étoit dévenu pour Vienne moderne, une circonftance intéreffante & défirée. Un peuple nombreux l'attendoit aux barrieres; ce n'étoit point affés d'arriver, il y fit fon entrée. Ennemi de la foule, il donna le premier l'exemple des petites focietés; où l'homme d'esprit retrouve, fans fe heurter, le plaifir de fe rapprocher & de fe parler, avantage inconnu auparavant de tous ceux qui fe plaifoient à fe coudoyer, qui n'aimoient que la multitude; & qui, par la connoiffance qu'ils avoient d'eux-mêmes, fe dispenfoient d'intéreffer par leurs discours, parloient à la fois, n'étoient point compris & se séparoient sans s'être entendus.

Le Prince Eugene, dit Mr. de Voltaire, cultiva les lettres, & les protégea autant qu'on le pouvait à la Cour de Vienne.

Plusieurs grands noms ignorés, repandus dans la capitale, s'ils sont mérités, n'y sont plus étrangers.

On y voit aujourd'hui une seconde époque d'élégance, & de gout, qui n'apartient ni à Londres ni à Madrit, ni à Paris ; mais à George, qui sera un jour l'homme d'un livre.

Tout Prince, qui aime les arts & qui connoit le prix des sciences, est un exemple pour la posterité, & cet exemple éxiste.

Un Auteur moderne dit en parlant
Manheim • de Manheim : *On y connoit sous Charles Théodore le mérite de la raison, on y est eclairé ; & la vie de ce Prince sera toujours distinguée dans la classe des beaux règnes.*

La célébrité des gens de lettres eſt l'époque du luſtre d'un Etat ; les bien-faiteurs de l'humanité ſe glorifient du titre d'académiciens ; l' Elect. Pal. en remplit parfaitement l'entente.

Les Kramer, les Wendling, les Kam-mel, que Burneys dans ſon voyage harmonique a mieux connus que moi, ſont les Orphées à la Cour de ce Prince : les ſtatues de Wirthſchafft, toutes de grandeur exceſſive, ne ſont régulieres, qu'à un point donné, quoique de main de maitre. Il eſt des connoiſſeurs *pres-bites* & *myſopes*, le grand art de l'ar-tiſte eſt d'allier les extrêmes. ***

Ciceron dit, en voyant le buſte co-loſſal de Quintus, fait en fort beau marbre : *la moitié de mon frere eſt plus grande que mon frere tout entier.*

Des ſpectateurs modernes conſide-rent ces ſtatues comme la fourmi de la fable ; qui trouve le ciron trop petit, ſe croyant un coloſſe vis - à - vis de lui.

Les bains de Schwetzingen, quoique plus reſtraints que ceux de Titus, nous retracent dans *Théodore* l'idée du Prince, qui fit jadis les délices de Rome.

Je priai un jour l'Electeur de ne pas perdre de vue l'idée des bains publics, aux frais du Souverain; il se tourna du coté, où l'on pouvoit étendre ceux qui s'y trouvent construits; fixa des yeux un terrain assés vaste & sourit.

Munich, Montagne, en parlant de Munich au XVI. Siécle, n'y remarque que de belles écuries, & des lits sans ciel; c'est un séjour enchanteur aujourd'hui. Vous y verrez les palais de Lucullus, des galleries somptueuses, quelques trophées; & sur tout l'Electeur, l'homme le plus aimable, qui mérite, dit Mr. d'Eliot, d'être un homme privé.

Quelques Dames y brillent par les graces, éclairent par les connoissances, enchantent par l'esprit; c'est à elles que l'on dévroit confier l'académie, qui sous des hommes, déperit assés par tout. Elles seules lisent en Baviere; l'occupation la plus favorite de leurs maris est un problème, que les femmes n'étudient pas toujours dans les livres.

LETTRE XXIV.

On a souvent déclamé contre les Grands Repas qui prennent plaisir aux grands repas. Le Prince de P..., en fixant le sien à six heures du soir, semble être de l'avis de Montagne, qui comme les Romains ne dinoit que le soir. ,, Je n'approuve point, disoit-il, la grande interruption qu'apportent aux affaires nos dinés, qui coupent la journée par le milieu; & ordinairement nous mettent hors d'état de nous occuper pendant la derniere moitié. ,,

La vie & l'entretien des Princes exige un espace de plusieurs lieux, rassemblés dans un même circuit. Si toutes les Cours étoient réunies, elles périroient l'une après l'autre. Suposé que tous les Rois des Indes ne fissent qu'une seule & même famille, que leur faste à tous fût identique; ils se batroient comme des gueux & finiroient par mourir de faim, couverts de leurs dépouilles.

L'extrême puissance, semblable aux

rayons du foleil, n'opere qu'à raifon de fon éloignement; c'eft l'étouffer que d'en rapprocher les termes.

La voracité d'une partie du genre humain fait l'indigence de l'autre. La terre, cette bonne mere qui trompe rarement l'efperance du cultivateur actif & foigneux, fournit abondament aux béfoins des animaux qu'elle produit. Tous les hommes vivroient avec aifance, fi chacun favoit fe contenter du néceflaire. Combien ne doit-on pas aplaudir à ces Princes, qui ont eu le courage de réformer le luxe des tables & de régler leurs repas fur les béfoins naturels! De quel oeil au contraire devons-nous regarder ces mortels opulens, qui, abufant de leurs richeffes, confomment dans l'efpace d'un jour ce qui fuffiroit à l'entretien d'une armée! Si Romulus avoit règné du tems des Apicius, des Lucullus; n'auroit-il pas exterminé ces fameux gloutons; lui qui fe contentoit d'une vie frugale & qui ne fe diftinguoit de fes fujets que par la valeur & l'activité? Que j'aime ces paroles du grand Henri, à cet animal vorace qui fe faifoit gloire de manger autant que fix ! *Si j'avois,* lui dit ce Prince, *bien des hommes comme toi dans mon Etat, je les ferois tous pendre; ces coquins-là affameroient tout mon roiaume.*

Quand je lis dans l'hiftoire la voracité de Milon de Crotone, qui pouvoit dévorer dans un jour un boeuf entier; je ne puis m'empêcher de croire que les écrivains nous en impofent, ou de blâmer la fotife de fes concitoiens, qui foufroient parmi eux un pareil monftre. J'ai connu un de ces gourmands de profeffion, qui pouvoit manger douze livres de viande en un repas: fa portion bien ménagée eût pu fournir honnêtement à la nouriture de vingt quatre individus raifonnables.

Cette paffion eft d'autant plus déteftable qu'elle étoufe les fentimens de l'humanité. Plus un homme éxige pour lui-même, plus il eft dur envers les autres.

Il feroit à fouhaiter qu'à l'éxemple des Spartiates nous euffions des tables publiques; où la fomme des alimens feroit taxée fuivant le nombre des con-

vives. On pourroit différencier les mets
suivant la qualité, le rang, les titres,
la puissance, les richesses de ceux qui y
seroient apellés; à la bonne heure.
Ceux-ci auroient les perdrix, les cailles,
les faisans les ortolans, & toutes les
délicatesses que l'art & la Nature nous
présentent à l'envi: le menu peuple
auroit les mets ordinaires. Qu'importe,
pourvu que chaque individu trouvât dans
ces repas de quoi pourvoir à la subsistan-
ce & à la santé du corps? Il en resul-
teroit tout au plus, ce qui résulte ordinairement de la façon de vivre des
Grands & des petits; c'est que les gens
du commun seroient plus sains & plus
robustes, que ceux qui se distingueroient
par les titres ou par l'opulence.

LETTRE XXV.

Femmes. Vous me connoissez, mon cher & digne
ami, pour un des plus zèlés partisans du
beau séxe; je ne le vois point sans plaisir,
je ne l'envisage point sans admiration &
sans être touché de la plus vive recon-

noiſſance pour celui qui a dit : *Il n'eſt pas bon que l'homme ſoit ſeul.*

Cependant, quand je conſidere les differentes criſes, où ſe trouve reduit ce ſéxe aimable ; je ne puis m'empêcher de le trouver auſſi digne de compaſſion que d'amour. Oui, je ne connois point de créature auſſi malheureuſe que la femme.

Quoi ! me direz - vous, cette Nimphe enchantereſſe, qui ſemble élever ſa tête altiere au deſſus de tout ce qui l'environne, dont l'éclat, dont le luxe, dont la magnificence jette la ſurpriſe & l'étonnement dans tous les coeurs ; qui, par les charmes de ſa figure, imprime l'amour & le reſpect ; qu'on recherche avec tant d'ardeur, qu'on pourſuit avec la plus tendre cupidité, qu'on chérit, qu'on idolâtre, qu on adore ; cette Nimphe ſeroit expoſée aux revers de la Fortune, aux plus cruelles disgraces ! L'expérience ne nous aprend que trop cette triſte vérité. Plus une femme a été favoriſée par la Nature, plus elle a eu de charmes en partage, plus elle a reçu de tributs & d'hommages pendant

le court efpace de fon triomphe; &
plus elle eft à plaindre, lorsque cette
belle fleur eft flétrie, lorque ce teint
de lys & de rofes s'eft évanoui, lorsque
les rides ont fillonné cette peau fi unie,
fi délicate; lorsqu'elle voit enfin le mépris & l'horreur fuccéder à la vénération, aux careffes, aux hommages les
plus tendres & les plus refpectueux.

Entrons un peu plus dans le détail,
fuivons le féxe dans les differens états
de la vie, & nous reconnoitrons la même
vérité. Une fille eft - elle réfolue de
demeurer célibataire, quels combats
n'a t - elle pas à effuier contre elle-même
& contre la féduction! Combien ne lui
en coute - t - il pas, pour conferver ce
précieux joiau, dont la conquète fait
l'objet de l'ambition de tant d'écervelés;
& dont la perte produit ordinairement
les plus triftes conféquences! Si un moment de foibleffe s'unit malheureufement
aux efforts de l'affaillant; fi elle fuit in-
confiderément les impulfions de la nature, l'attrait du plaifir; fans avoir
auparavant confulté un prêtre ou
un notaire, la voilà déchue de fes pré-
tentions à l'eftime publique, la voilà
char-

chargée d'oprobres & d'un mépris uni-
verfel ; la voilà en bute aux raifonne-
mens les plus malicieux, aux perfécu-
tions les plus cruelles. Si elle fe refoud
à paffer dans les bras d'un époux, en eft-
elle plus heureufe ? *Diftinguo* : Si l'époux
eft un être fenfible, humain, vertueux,
compatiffant ; *Concedo* ; fi c'eft un
homme ordinaire, *Nego*. A peine le
oui fatal eft-il prononcé ; que le très
humble esclave, que l'adorateur des
charmes de Mademoifelle devient un
tiran impérieux de Madame, un maitre
farouche, qui ne fait fentir à fa bien-
aimée, que les fureurs de la jaloufie, que
la violence du caprice, que les horreurs
de la brutalité. Supofons encore que
l'amour fe foutienne pendant quelques
jours: qu'en refulte-t-il. Un mal-aife,
un dégout, des naufées, des douleurs,
qui au bout de 36 femaines fe changent
en un état d'efperance & de défespoir,
en une fituation critique, acablante ;
où la vie fe trouve en conflit avec la
mort.

Ces circonftances font communes
aux femmes dans tous les états ; aux
pauvres, aux riches, aux bourgeoifes,

H

aux Princeſſes ; mais ſi vous y réuniſſez les travaux du journalier, les embarras de l'indigence ; vous trouverez encore la femme infiniment plus à plaindre ; & nous n'avons cependant parlé que des beaux jours de ce féxe aimable. Que devient-il, quand le tourbillon des années a ravagé la plus belle partie de ſes charmes, quand la triſte vieilleſſe a décoloré ſon teint, deſſéché cette char-nure délicate, terni l'éclat de ſes yeux, couvert de rides ou de rubis cette phi-ſionomie autrefois ſi touchante ?

C'eſt alors que la femme prudente ſe retire du grand monde & vit dans la ſolitude. Effectivement, que peut-elle attendre autre choſe que l'abandon-nement & le mépris. A quels accès de fureur ou de mélancolie ne doit pas être expoſée la jalouſe, qui voit que de jeunes rivales lui enlevent tous ſes ado-rateurs ; la voluptueuſe, qui ſent que le plaiſir n'eſt plus fait pour elle ; la ſu-perbe, qui ſe voit expoſée au dédain univerſel des deux féxes ; la coquette, qui s'aperçoit que tous les piéges qu'elle tend deviennent infructueux & tournent à ſa confuſion ? La plus heureuſe eſt

celle , qui a fait une longue étude de la
patience & de l'insensibilité ; qui vit dans
e monde comme n'y vivant pas , qui
bandonne le plaisir avant qu'elle n'en
oit abandonnée. Ajoutons ici quelques
réfléxions sur les differens âges de ces
nchanteresses.

La femme, dans son printems, est une
eur éblouïssante , qui s'épanouit avec
najesté, qui brille avec éclat ; qui s'é-
eve avec pompe & qui se flétrit au moment de son triomphe ; c'est un aigle
tincelant, qui, d'un vol rapide, s'élance
jsqu'aux cieux & se perd dans les nues ;
'est une biche imprudente ; qui court
sa perte ; & , qui après avoir trompé
uelque tems la poursuite opiniâtre du
hasseur, vient tomber à ses piés. C'est
ne Divinité, dont le souris enchante ;
ont la voix séduit nos adorations & nos
omages ; dont le coup d'oeil inspire l'ad-
niration & la terreur ; mais dont le rè-
ne expire avec la vélocité de l'éclair.
Dans son été, c'est un paon orgueilleux ;
ui excite plus d'admiration que d'atta-
hement ; c'est un vase précieux, une
apisserie agréable, dans laquelle on lit
ncore avec plaisir les avantures du prin-

tems; mais qui nous affecte fans nous toucher.

Dans fon automne, c'eft un corbeau croaffant, dont on n'entend les cris qu'a-vec peine; c'eft un édifice antique, dont l'afpect infpire le dégout; c'eft une gla-ce ternie, dans laquelle on n'aime plus à fe mirer. La femme, dans l'hyver de fes ans, eft une harpie importune, dont les cris font horreur; dont l'attouchement eft impur; c'eft une viande infecte, dont l'odeur caufe la naufée, dont l'aproche éteint l'apetit, dont le gout revolte la fenfualité.

Si je voulois faire le parallele de l'homme, je dirois: L'homme dans fon printems eft un taureau furieux, qui ne connoit point de frein; c'eft un torrent impetueux, qui jette & renverfe tout ce qu'il rencontre; c'eft un brigand vo-luptueux, qui dreffe des embûches à la fimplicité & à l'innocence. Dans fon été; c'eft un lion tranquile, qui médi-te fa proie & qui jouit avec réfléxion; c'eft une mer unie, qui invite à la navi-gation; c'eft un ciel ferein qui promet un heureux voiage; mais auquel il ne

faut pas toujours fe fier. Dans fon automne, c'eft un courfier fidèle, qui tient
plus qu'il ne promet; c'eft un plane om-
brageux, qui vous met à l'abri des raïons
du foleil ; c'eft un tronc vigoureux, fur
lequel vous pouvez vous repofer fans
crainte.

Dans fon hyver , c'eft un guide affuré, qui vous conduit dans une route
paifible & fleurie; c'eft un médecin ex-
périmenté , qui par fes confeils vous
préferve de la maladie; dont les fenten-
ces font un baume ineftimable, qui gué-
rit toutes les plaies; dont les recettes
font fupérieures à l'or & plus folides
que le diamant.

Remercions donc la bonne Providence, de ce qu'elle nous a fait naître pour
engendrer , & non pour concevoir ; de
ce qu'elle a attaché à notre être le plaifir de jouir, fans nous faire fentir les
triftes fuites de la jouiffance ; de ce qu'elle nous a permis de fatisfaire nos défirs,
fans qu'il nous en démeure aucune marque afflictive, douloureufe, ou désho-
norante; & plaignons cette partie de
nous même, qui paie un moment de

plaifir par tant de douleurs, de dangers & de disgraces.

Si vous demandez les moiens de fouftraire ce féxe aimable aux maux qui le pourfuivent ; je vais hafarder de vous en propofer quelques-uns. Le premier, à mon avis, feroit qu'il fut économe & prudent dans les jeux de l'amour ; qui, en minant la fanté, ruinent & détruifent impitoiablement les attraits de ces anges terreftres. Le fecond, qu'il s'acoutumât de bonne heure à vivre dans la retraite ; & qu'il aprît à fe faire une ocupation agréable de la lecture, des arts libéraux ou des foins économiques. Le troifiéme, d'éviter fur tout les compagnies des rivales dangéreufes, qui pourroient l'exciter à jaloufie ; car j'ai toujours remarqué que cette paffion fait un étrange ravage dans l'âme d'une femme. Enfin, comme la fenfibilité eft le caractere diftinctif de cette portion du genre humain ; je voudrois qu'une femme, autant que fon état le lui permet, s'adonnât aux œuvres de charité ; qui, en nourriffant la tendreffe qui lui eft naturelle, laiffe dans l'âme une joie dou-

ce, un !souvenir délicat & qui porte
avec foi le charme de la fatisfaction.

J'en connois une qui fe régle fur ces
principes; & qui a fu fe procurer le
contentement d'efprit, qui habite fi rarement parmi les individus de fon efpéce.
Elle n'a d'autre ocupation que celle de
fon ménage, point d'autre focieté que
fa famille. La promenade, les fpecta-
cles font fes divertiflemens uniques; encore ne font-ils pas fréquens. Son
bonheur l'expofe à la jaloufie de fes femblables, qui n'ont pas le courage de s'en
procurer un pareil à ce prix; mais elle
eſt aimée de fon mari, qu'elle chérit uni-
quement; elle fait les délices de fa famille, dont elle s'ocupe depuis le lever
de l'aurore jusqu'à ce que les ombres de
la nuit l'avertiflent qu'il eſt tems de fe
livrer au fommeil; elle eſt adorée des
indigens, qu'elle aime à foulager, efti-
mée de tous les hommes raifonables qui
la recommandent pour modèle à leurs
moitiés; & refpectée de tous ceux, qui
connoiflent les maximes de la fageffe;
& qui font éxemts des vains préjugés
de l'habitude & de l'éducation.

Ce qu'il y a de plus ridicule dans
le beau féxe, c'eft de lui voir afficher
la coquetterie jusque dans l'hyver ds fes
ans. Vous connoiffez, ou du moins
vous avez connu la belle Comteffe de * * *
Je dis belle; parce que perfonne ne lui
refufe la louange d'avoir été telle dans
fon printems; mais à prefent, que les
neiges & les glaces ont déparé ces traits
qui receloient les graces; à prefent, que
les chagrins, les maladies & un efpace
de onze à douze luftres ont fait tout le
ravage poffible fur fa figure antique; il
n'eft plus queftion de beauté, & c'eft
la folie la plus complette que de vouloir
y prétendre. *) Auffi je ne vois rien de
plus grotefque que cette minauderie dont
elle fait étiquette; ces yeux, qui fe tournent languiffament fur les aimables de
la compagnie, cette bouche qui ne s'ou-
vre qu'avec méfure & qui fifle plûtôt
qu'elle ne prononce des douceurs mille
fois rebattues; cette gorge qui s'enfle &
fe roidit, pour effacer, s'il eft poffible,
les empreintes de la caducité; cette peau,
qui fe cache fous l'éclat d'une couleur

---

*) Il eft vrai que la charmante Ninon conferva fes
graces jufqu'à l'âge le plus reculé; mais Ninon
etoit le phénix de fon efpece, & la Comteffe eft
une femme ordinaire

précaire, dont elle ne peut foutenir le brill-
lant ; tout cela excite la pitié dans les
fpectateurs les plus équitables & le mépris dans les âmes ordinaires.

Pendant notre jeuneffe
Laiffons nous enflamer ;
Car, quand fon ardeur ceffe,
Il n'eft plus tems d'aimer.

Les deux féxes s'acufent réciproque-
mene de perfidie ; ils n'ont tort ni l'un
ni l'autre. L'inconftance eft l'apanage
de l'humanité ; la jouiffance fait naître le
dégout, le contentement éteint le défir ;
mais cette foibleffe, toute fondée qu'elle eft fur la nature, devient une feéléra-
teffe, quand elle eft pouffée à un certain dégré. L'exemple fuivant en fera une preuve,

A Plimouth un mari vendit fa
femme au Capitaine d'un vaiffeau
pour deux guinées. Elle fuivit d'abord
le nouveau propriétaire qui s'en dégou-
ta bientôt & la renvoia au premier.
Celui-ci, ne voulant pas la reprendre,
l'obligea de retourner à bord. De fon
côté, le Capitaine lui protefta avec ferment qu'il ne l'emmeneroit pas avec lui.
Que faire dans une pareille alternative ?
Le défefpoir lui fit tourner la tête ; &,

H 5

dévenue héroine par néceffité, elle prit
un piftolet dans l'intention de fe bruler
la cervelle.

Heureufement , dit-on, le coup
n'eft pas mortel ; mais quelle doit être
la deftinée d'une malheureufe, qui fe
voit abandonnée de tous côtés ? La mifere ou la mort.

Perdonate , o dilette
Padrone del mio more !
Se vi ho mai offefe ,
Le congiuro , perdonate.

LETTRE XXVI.

Bâtimens.   Les Grands du St. Empire Romain font
magnifiquement logés fous des caveaux
de briques , le marbre y eft clairfemé ;
force ftucs , manierés, polis, donnent aux
habitans le foin de replâtrer leurs murs
à chaque printems.

Dans toutes les bâtiffes, que l'on fait, ne devroit-on point tâcher de donner aux pierres une pofition, pareille à celle qu'elles avoient dans les carrieres? Si l'on bâtiffoit pour l'éternité, il faudroit, je crois, que les matériaux fuffent en tout conformes au climat, & que les maçons connuffent l'emploi du barometre.

Vous voyez des maifons de fix portes & de trois fenêtres à Vienne; les portes eocheres s'ouvrent toutes en dedans, barrent le tranfport des effets en cas d'incendie, & mettent les locataires dans le cas du Châtelain de l'Efcurial. Le feu y prit, on demanda les clés; les chariots qui devoient les amener n'étoient pas venus; car ces fameufes clés, devant ouvrir 1400 portes, péfent fept quintaux.

Plutarque, dans la vie de Publicola, vouloit un timbre à chaque iffue & une infcription auprès; pour que les paffans n'y fuffent point heurtés. On fait affés dire aux cloches ce qu'on veut; un bon bourgeois fuivit mon confeil, fa porte s'ouvrit en dehors; j'y vis au haut, en

groſſes lettres dorées, ces deux mots :
cave canem!

L'accès, devant être libre à tout
homme & à toute heure dans nos égli-
ſes, il ne dévroit point y avoir de portes ; rien ne dévroit y tenter la cupidité des mortels.

Que diriez - vous d'une bâtiſſe, dont
l'entretien d'une ſeule porte coutât plus
que toute la maiſon ? Qu'on auroit mis
en frais ce qu'on dévoit mettre en épargne.

On étend aujourd'hui la folie des
béſoins artificiels juſqu'aux murs d'une
ville. *L'Einlaß* ou la porte hiſtoriée,
par laquelle on entre à cheval & à pié
à Augsbourg, *per opaca locorum*, eſt
une de ces précieuſes bagatelles, à char-
ge au citoyen ; ſans préſenter aucun motif raiſonné, qui accrédite cette ridicule merveille d'architecture. Les portes
s'ouvrent & ſe ferment comme d'elles-
mêmes ; un ſeul homme y fait l'emploi
de plus de vingt employés ; excepté que
les déhors de cette même porte écrouée
ſont gardés par vingt ſoldats.

Nisi utile est quod feceris ,
Stulta est gloria.

PHÉDRE.

„ On a souvent employé , dit Ad-
„ dissON, dans des bagatelles, toutes les
„ forces du génie ; sans réfléchir, que
„ les mêmes pratiques, appliquées à des
„ sujets plus importans ; les mêmes bras,
„ qui ont élevé des machines de simple
„ curiosité , peuvent servir plus utile-
„ ment à dessécher les marais , à veiller
„ à l'entretien des villes , à aider les
„ architectes , à mettre en œuvre des
„ métaux , à conserver la vie au citoyen.

Le Maréchal de Villars, non attentif au joujou enfantin de la ville d'Augsbourg , dit à ceux qui lui conseilloient
de se faire jour à la porte mentionnée :
je compte jetter cette merveilleuse por-
te par l'énorme fenêtre que je ferai.
Il fit avancer le canon , & le pont s'a-
battit.

Je hais l'architecteur, qui, privé de raison
Fait le portail plus grand que tou-
te la maison.

NOUVELL. 1586.

Augsbourg joüit modeſtement des honnenrs d'une révolution, qui a changé la face de l'Europe, à ſa porte près. Le gardien de cette porte ridicule reçut une lettre de ſon fils adreſſée: *A mon révérend pere, Gardien, d'Augsbourg.* La lettre fut remiſe aux capuçins.

On croiroit qu' Achor, Dieu chaſſe-mouche des Romains, eut jadis un temple à Augsbourg; il n'y a point de mouches, dit-on, aux boucheries de cette ville.

LETTRE XXVII.

La Nature a fait le taureau indocile &
fier ; la jaloufie ou le rut le rendent in-
domtable & furieux ; il combat d'ailleurs généreufement pour fon troupeau,
marche volontiers le premier à la tête,
attaque l'ennemi ; & , ce qui peut avoir
donné aux Tacticiens modernes l'idée de
calculer leurs victoires, c'eft qu'il ne
préfente jamais le flanc ; inftinct qui le
rend presque toujours fupérieur au combat.

Il n'éxifte point de tableau reffemblant, d'aucune nation connue fur le
globe. En comparant le François à l'aigle, l'Italien au renard, l'Anglois au
lion ; l'Allemand, en terme d'art, eft
l'*auerochs* de l'Europe. Fort & entier dans fes travaux, il ne connoit que
deux fléaux, qui l'atterrent ; le couteau
& la vieilleffe. C'eft l'homme agrefte de
la Nature, fans en être le plus fain ; la
fanté du corps dépendant de la paix de
l'Etat, & de la férénité de l'air, il ne

jouit pas également dans fa patrie de ces deux avantages.

Deux fauvages, amenés en France du tems de Charles IX ; trouvoient fort étrange, que des hommes forts & robuftes, tels que les cent Suiffes, fe foumiffent à un enfant ; & qu'il y eût des hommes cacochimes & infirmes, gorgés de toutes les commodités, tandis que d'autres, d'un temperament de fer, manquoient du premier néceffaire, & mandioient à leur porte ; au lieu de corriger cette injuftice, en égorgeant les riches, ou en mettant le feu à leurs maifons.

Tous les pays ont leurs fléaux ; la pefte févit en Orient, les deux foeurs cajolent les Nababs des Indes ; l'éléphantiafis careffe le Péruvien, confume la Péruvienne, la plie ronge le Polonois ; le Weftphalien, les Suabes meurent fimplement de maladie, en morguant leur deftinée.

Avant l'abolition de la queftion ; un malfaiteur infulta fes juges, en riant dans les tourmens ; perfonne ne vit alors que cet homme, au deffus de fon tempérament

ment, abuſoit de ſes forces & déshono-
roit la nature.

Tous les individus de l'espéce humaine, hommes, femmes, & enfans portent ſur leur cou une tête ronde, un peu
longue, ou quarrée; dans quelques pays,
on ne voit ſur ce cou des habitans qu'une
eſpéce de petit tableau animé, où ſont
repréſentés un front, des yeux, un nez,
une bouche, un menton & des oreilles.
On diroit que ce ne ſont que des pein-
tures rares, ſi on ne leur voyoit remuer
le menton, la bouche & les yeux. Vous
ririez bien de voir ces images parlantes,
mais vous ne ſeriez pas le ſeul rieur ; ils
ne riroient pas moins de vous, en voyant
votre tête ronde & torſe. Je les ai vus
ſe tenir les côtés, lorsqu'uils voyoient la
mienne, tant elle leur paroiſſoit laide,
ridicule & grotesque. Rien n'eſt plus
beau à leurs yeux qu'une tête platte. Le
Viennois ne s'attache à aucune forme ;
ce ſont autant de masques, qui s'aju-
ſtent à toutes les têtes.

Un auteur, que Buſching cite, opi-
ne que, de toutes les nations Européen-
nes, les Allemands vivent le plus long-

I

tems; je crois entrevoir la raifon de la longue vie de mes compatriotes, dans leur bon appétit à table. Il eft prouvé, qu'aucun Banian, Chartreux, moine, teigne ou vermine; qui, à la faveur des ténébres & de l'obfcurité, exerce un brigandage affuré fur tous les alimens, n'a jamais atteint les années des Patriarches.

L'éducation s'épure, depuis que les femmes s'en occupent; nous valons moins que nos peres, mais nos neveux vaudront mieux que nous.

On accufe l'Allemand de Tacite de ne pas avoir toujours refpecté les ufages; mais, comme un homme peut être vertueux fans être fain, l'Allemand peut être décent, fans trop prêter aux bienféances.

La civilité, qui n'eft qu'un affemblage de certains termes, de certaines cérémonies; n'eft point, j'y confens, le vice de mes compatriotes; cet affortiment de grimaces, n'étant point en eux, c'eft, je crois, faire l'éloge de leurs coeurs.

Généralement parlant ; ils facrifient peu aux graces ; &, fi quelque fois ils ne paroiffoient pas flatteurs, je les croirois fans envie.

L'Allemand des petites villes, qui n'a point vu fa capitale, eft exactement encore l'homme fans apprêt de Phédre ; on lui dit tard, qu'une étude continuelle de la fageffe forme l'art de plaire, que nous ne manquons point à la vérité de blocs, dont on fait les Catons, & les Rois ; mais que les fculpteurs font rares encore.

LETTRE XXVIII.

Et quel tems fut jamais plus fertile en miracles !

Si les magiciens de Pharaon revenoient de nos jours avec leurs préftiges ; ils feroient des enfans vis-a-vis de nos magiciens modernes. La nature paroît faire fes derniers efforts, pour affurer à l'homme actif & induftrieux des fuc- cès, aux quels l'intelligence humaine fembloit ne pouvoir prétendre. La ma-

gie naturelle, la magie blanche, les amu-
semens phifiques de Pinetti & les au-
tomates de Kemplen nous offrent mille
curiofités qu'on peut apeller prodiges;
& qu'on ne croit poffibles qu'après la
démonftration.

Qui fe feroit imaginé, il y a 20 ans,
que cette carcaffe péfante, qui forme
l'individu de l'efpéce humaine; fans em-
prunter le char d'Elie, ni les ailes de
Dédale; planeroit dans les airs avec la
hardieffe de l'aigle; & s'éleveroit au
deffus des nues, par la vertu de l'art
réuni aux forces de la nature !

Il n'eft certainement pas étonnant
que de bonnes gens de la campagne, peu
inftruits des connoiffances humaines &
des nouveantés du jour, aient été effraiés
à la vue de ces furprenantes machines,
que nous apellons aéroftatiques; & qu'ils
aient pris pour des enchanteurs ceux qui
les dirigeoient. Si une petite armée de
voiageurs aériens alloit fe prefenter, dans
des chars volans, aux yeux des fauvages
de l'Afrique & de l'Amérique; ne
croiez-vous pas qu'elle y feroit une
fenfation bien plus violente encore, que

celle que firent autrefois les navigateurs espagnols, fur les peuples idiots & peu expérimentés de cette derniere partie du monde ? Sans doute, qu'à l'afpect de ces nouveaux Dédales, ils fe cacheroient, s'il étoit poffible, dans les entrailles de la terre; ou qu'ils fe profterneroient devant eux avec le plus grand tremblement & la plus profonde vénération; comme devant des Fuiffances, qu'ils s'imagineroient être céleftes & divines.

Il eft vrai que ce jeu affez téméraire trouve quelque fois des Jcares, mais je fuis étonné encore du petit nombre des victimes qu'il nous a préfentées jufqu'ici. Il ne manque plus que de rendre ce nouvel art avantageux à l'humanité. On a déjà projetté d'établir des poftes aériennes. Si ce projet réuffit, pourquoi ne bâtirions-nous pas des villes de la même efpéce ? Et quelle invention viendroit aujourd'hui plus à propos, que celle d'une ville fituée au haut des airs; où nous pourrions nous mettre en fureté contre les terribles effets des tremblemens de terre, prédits par le Surintendant Ziehen, dont les yeux font affez perçans pour lire ce qui fe paffe dans les en-

trailles de la terre? Mais ceci doit pa-
roître peu furprenant dans un siécle;
où on a découvert l'art de lire dans un
livre, les yeux fermés; & de voir à travers
les murailles. Quelle obligation n'au-
rons-nous pas à Puyfegur, à Lavater &
aux autres Docteurs du fomnambulifme
magnétique; s'ils peuvent, ou s'ils veulent nous communiquer une fcience fi
merveilleufe & fi utile à l'humanité! Ce
feroit ici le lieu de parler du magnétif-
me animal & des emplâtres de ce bon
prêtre tirolois, auquel on a défendu de
faire ou de continuer fes miracles dans
la capitale de l'Allemagne; mais nous
voulons attendre que cette fcience faffe
de plus grands progrès dans le monde
phifique. Nous remarquerons feulement, que ce bon prêtre a eu le même
fort que les ci-devant convulfionaires de
Paris, qui s'affembloient au cimetiere
S. Medard, pour y operer des prodiges
& des guérifons miraculeufes, que les
profanes apelloient convulfions. Le
Parlement, aiant fait fermer ce cimetiere,
un poliffon afficha à la muraille cette
infcription:

Défenfe à Dieu,
De faire des miracles en ce lieu.

Il nous manque encore de voir
réuſſir les ſouliers élaſtiques pour marcher ſur les eaux, la maniere de converſer avec la promtitude de l'éclair dans
les diſtances les plus éloignées, ſans prononcer une parole; les bains de terre &
le temple de ſanté du D. Graham, l'art de
découvrir un vaiſſeau à 500 lieues de
diſtance, le moien de prévenir toutes
contrefactions de lettres de changes,
effets roiaux & autres papiers publics;
ſans oublier la pierre philoſophale, dont
la connoiſſance ſemble reſſuſciter de
nos jours. Alors on pourra dire avec juſtice
que notre ſiécle eſt le ſiécle des prodiges;
& qu'un entouſiaſte, avec de pareilles
découvertes, pour peu qu'il trouvât des
auditeurs benevoles, pourroit facilement
s'ériger en mortel inſpiré, en Prophete,
en créature extraordinaire & ſurnaturelle.

A l'égard de la fixation du mercure
de Me. d'Orbelin, dont vous m'aviez
parlé dans vos précédentes; je crains
beaucoup, mon bien aimé, que ce ne
ſoit un beau ſonge. J'aurois ſouhaité
,à une Dame l'honneur de cette découverte intéreſſante, & je me ferois fait
un vrai plaiſir de pouvoir la féliciter,

Mais patience; fi elle n'a pas réuffi à fixer une fubftance auffi vagabonde que le mercure, j'augure q'elle en fera plus heureufe à fixer le coeur d'un Amant.

,, Il y a long-tems, dit le journal
,, des gens du monde, que l'on cherche
,, la fixation du mercure & la transmu-
,, tation des métaux; il eft même pro-
,, bable que cette découverte eft faite
,, depuis long-tems. Un chimifte an-
,, glois, nommé Price, vient de publier
,, fes expériences, leurs réfultats; mais
,, non fes procédés. Son travail a été
,, fait avec toutes les précautions poffibles,
,, devant des témoins éclairés, qui choi-
,, fiffoient eux-mêmes & jettoient dans
,, le creufet toutes les matieres qu'on
,, combinoit avec le mercure; à l'ex-
,, ception de la poudre, que le Docteur
,, Price ajoutoit lui-même. On dira
,, que la poudre étoit de l'or; mais la
,, quantité en étoit fi petite, rélative-
,, ment au produit; l'augmentation de
,, l'or, avec le poids de la poudre, étoit
,, dans le raport de 14 à 1, & de l'ar-
,, gent, de 28 à 1.

Le même journal nous cite encore une anecdote relative à la transmutation des métaux ; la voici :

„ J'ai trouvé au Luxembourg un
„ homme, qu'on m'avoit affuré être
„ poffeffeur de la pierre philofophale.
„ Je l'ai acofté, & dans la converfation
„ j'ai hafardé quelques dificultés. Il
„ m'a répondu : *Je n'ai pas affés d'es-*
„ *prit pour détruire les objections,*
„ *mais je prouve d'autre façon ce que*
„ *j'avance. Voici de l'or, en voulez-*
„ *vous ?* Il m'ofrit deux lingots d'or, qui
„ pouvoient pefer environ chacun 2.
„ marcs. Je le remerciai, en difant que je
„ ne pouvois accepter un pareil préfent.
„ *Voici de l'argent, reprit-il, l'aimez-*
„ *vous mieux ? Prenez le plus petit*
„ *lingot, cela ne vaut pas la peine*
„ *d'une obligation, puis qu'elle vous*
„ *coute tant.* J'ai pris un morceau d'ar-
„ gent, je l'ai porté chez un orfèvre.
„ Je me fuis nommé ; je lui ai dit que
„ c'étoit de l'argent philofophique. Il
„ m'a ri au nés & m'a compté 163 ℔.
„ J'ai revu mon homme, je l'ai remer-
„ cié : *Vous avez tort, me dit-il,*
„ *fi vous vous en faites faute ; j'en ai*
„ *beaucoup, je ne m'en foucie gueres ;*

„ *j'ai, graces à Dieu, d'autres secrets*
„ *qui valent bien mieux.*

„ NB. Croira cette anecdote qui
„ voudra ; elle est exacte dans tous ses
„ points.

Parlons un peu raison, mon bon ami.
Toutes ces découvertes, certaines ou
imaginaires, font beaucoup pour le phi-
sique & rien pour le moral ; elles agran-
dissent le génie, sans perfectionner le
cœur de l'homme ; elles satisfont à sa
vanité, sans contribuer à son bonheur.
Que ne donnerois-je pas, pour trouver le
secret de rendre heureux mes concitoiens,
les habitans de cette petite masse que
nous apellons terre ! Ne seroit-il pas
possible d'aprendre aux riches l'art d'éco-
nomiser leurs revenus, & d'en soulager
tant de misérables qui soufrent toutes
les angoisses de la disette ? Ne pourroit-
on pas enseigner aux méchans l'art de
bien vivre, & d'éviter les châtimens qui
les attendent ? Ne pourroit-on pas
trouver un moien, pour faire régner la
justice & la paix dans les villes, l'abondance dans les campagnes, la joie dans
les familles, l'amour & la vertu dans tous

les Etats ? Ce fecret vaudroit bien tous ceux qu'on a inventés jufqu'ici ; qu'en dites - vous ?

LETTRE XXIX.

Vina bibunt homines, animalia cetera fontes.

La plûpart des femmes & tous les autres animaux de la terre boivent de l'eau ; l'homme feul , en qualité de Roi des animaux, fe croit autorifé à boire du vin. Je ne fais fi ce privilège tourne à fon utilité ; je ferois tenté de croire au contraire qu'il tourne à fon domage. Les autels , érigés en l'honneur de Bacchus, l'encens brulé pour lui rendre hommage, les temples qui lui ont été élevés , comme une marque d'amour & de reconnoiffance ; en un mot, le culte qui lui a été rendu comme à une divinité bienfaifante, eft moins mérité que celui, qui a eu pour objet les Naiades & les Néréides.

On prétend que le vin fortifie & réjouit le cœur de l'homme, & moi je prétens qu'il afoiblit & difpofe à la mélancolie. Quand on voit chanceler les mains & les piés d'un buveur, dira-t-on qu'il eft devenu plus fort que le buveur d'eau, dont la démarche eft fure & la main ferme & vigoureufe ? Il eft vrai que St. Paul confeille à fon difciple Timothée de boire un peu de vin, à caufe de fon eftomac; mais S. Paul n'étoit pas médecin; &, en fupofant que le vin puiffe être regardé comme une médecine; il s'enfuivra qu'on en doit ufer rarement & n'en pas faire fa boiffon quotidienne.

Plufieurs cherchent dans cette liqueur traitreffe un rémede aux chagrins & aux foucis de la vie; ils y trouvent ordinairement les maladies, les douleurs, l'abrutiffement & la mort.

Le vin, en échaufant la partie la plus fpiritueufe du fang, femble donner au buveur plus d'action, plus de vigueur; il femble l'animer d'un feu nouveau, qui produit une gaité momentanée; mais laiffez paffer cette fumée enchantereffe, laiſſez exhaler cette vapeur perfide, & bientôt vous ſentirez qu'elle dégénere en langueur & en hypocondrie.

C'eſt pour cela que les ſupôts de Bacchus repetent ſouvent cet acte de régéneration ; ne ſe trouvant véritablement à leur aiſe, que quand ils ont perdu le plus beau privilège de l'humanité, la raiſon & la réfléxion. Si le vin ajoutoit à nos forces, à notre ſanté, à notre enjouement; les Chrétiens ſeroient ſans doute mieux portans, plus vigoureux, plus enjoués que les ſectateurs du grand Prophete; & c'eſt ce qu'on ne peut pas ſoutenir. Mahomet agit en habile politique; en défendant à ſes ſectateurs l'uſage d'une liqueur auſſi dangereuſe que ſuperflue. Si nous transformions nos vignobles en guerêts; ſi, au lieu d'y recueillir du vin, nous y moiſſonnions des grains ou des fruits; nous trouverions l'abondance, où ſouvent nous ne trouvons que la diſette.

· Je vais plus loin & je dis, qu'en nous livrant au culte de Bacchus, nous nous éloignons d'un culte plus conforme à la nature, plus judicieux, plus

agréable; celui des graces. Le vin eſt
effectivement l'ennemi des femmes; il
nous fait oublier ce que nous devons à
ces aimables compagnes de nos ſoucis,
de nos travaux; auſſi bien que de nos
plaiſirs.

Mahomet défendit, en ſage politique,
La liqueur bacchique
A ſes fiers Ottomans:

— — — — — — — —

Car ſi, leur permettant d'avoir main-
te Sylvie,
Le vin leur eût encore été permis;
A votre avis;
Mes chers amis,
Que leur eût-il promis
Pour l'autre vie?

Il faut pourtant que je diſculpe ici
mes bons compatriotes, du reproche
qu'on leur fait ordinairement d'être, de
grands buveurs; &, par une ſuite naturelle d'impertinens querelleurs. Quand
les François parlent d'une diſpute mal-

fondée, ils difent d'abord : *C'eſt une querelle d'Allemand.*

Il leur feroit cependant difficile de prouver, qu'il y ait moins de querelles impertinentes parmi eux, que parmi nous; non pas, mes chers François, que je prétende vous faire infulte; vous favez trop combien je vous aime & je vous eſtime; mais il faut auſſi vous dire la vérité. Vous êtes quelquefois un peuple leger & frivole. Un bon mot, dit fans réfléxion, tient fouvent chez vous la place de la réalité: ce qui n'empêche pas que vous ne foiez infiniment aimables. Etes-vous contens de cette ré-paration?

L'Allemand boit moins de vin que le François, que l'Italien, que l'Efpagnol même, n'en déplaife à fa gravité: la raifon en eſt toute fimple. Notre vin n'eſt que de la piquette, vis-à-vis de ce-lui qui croît en France, en Italie, en Efpagne; & il eſt beaucoup plus cher que dans ces pays-là. Une bouteille de bon vin coute ici, autant que raporte la folde quotidienne d'un militaire & celle d'un bon artifan. Ainfi, ces deux ordres ne peuvent s'adonner à l'ivresse, à moins qu'ils ne se gorgent d'une méchante liqueur, apellée *Brandtwein*.

Les courtisans aiment mieux briller en chevaux, en habits, en voiture, que d'avoir un cellier bien garni ; les gens de lettres font leurs réfléxions la pipe à la bouche ; dans les *clubs* ou joue, on babille ; &, pour digerer les désagréables vapeurs du tabac ; on les ensévelit sous quelques tasses de thé, ou d'une biere assez insipide.

Un de mes amis regarde l'eau comme un spécifique contre toutes les maladies ; c'est l'unique rémede, dont il se serve dans toutes les ocasions, où sa santé se trouve en défaut. Est-il enrhumé ? *Vite qu'on m'aporte de l'eau.* A-t-il des obstructions ? *De l'eau.* Est-il tourmenté des hémoroïdes ? *De l'eau.* A-t-il la fiévre, la colique, un point de côté ? *De l'eau.* Sent-il des douleurs d'estomac de poitrine &c. ? *De l'eau.* En un mot, vous ne verrez chez lui d'autre rémede que de l'eau ; &, par ce moien, il fait nargue aux médecins & à la médecine. On pourra m'objecter que

les

les buveurs d'eau ne font pas tous éxemts
de maladies & d'infirmités? J'en conviens, mais tous ne font pas comme mon
ami; ils boivent peu & mangent beaucoup; au lieu que mon ami boit
beaucoup & mange peu.

Au reste; il s'en faut de beaucoup
que tous nos Allemands penfent comme
lui. Quand j'ai dit qu'on reprochoit fans
raifon à notre nation le penchant à l'i-
vrognerie; je ne prétens pas qu'il n'y
ait pas d'ivrognes parmi nous. Dans
toutes les grandes villes, où l'argent cir-
cule avec plus d'abondance & particulierement à Vienne, on ne manque point
de gens défoeuvrés qui vont noyer leur
fouci d'ans le vin, à-peu-près à l'inftar de Paris; &, fi les guinguettes n'y
font pas auffi divertiffantes; les buvet-
tes n'y font pas moins tumultueufes.

Vienne à fleur de terre, occupe le
buveur d'eau, Vienne fouterraine eft le
repaire des amateurs de la treille.

La Topographie de toutes les caves,
jointe à la lifte des tonneaux les plus
majeftueux éxiftans dans cette ville, eft

K

faite avec grand ſoin; toutes les fois que
le Danube déborde, ce déſaſtre donne de
terribles allarmes au Vinoſophe de cette
capitale. Il regarde l'invention des caves,
comme ſupérieure à celle des mines ; &,
toutes les fois qu'il eſt queſtion d'aggran-
dir les tonneaux, il maudit Vitruve, qui,
dans ſes édifices, paroît avoir oublié les
caves de deſſein prémedité.

Les monogrames des buveurs célébres
ſe trouvent entaillés ſur plus de mille
tonneaux; *je porte un nom obſcur*, me
diſoit - un de ces Meſſieurs; *s'il eſt lu,
il le ſera à la chandelle; une ſuffit pour,
éclairer ma cendre* Je reprochois à
mon domeſtique de s'être enivré, & de
s'être réduit, à force de vin, à s'igno-
rer ſoi - même; *j'ai bû, me dit - il, du
vieux vin, qui radote comme vous,
mon Maitre.*

Dans les provinces, le pénchant de
l'Allemand vers l'ivreſſe eſt entretenu
généralement par les Seigneurs, qui
vendent eux - mêmes l'eau de vie & la
biere; & qui ſont intéreſſés, à ce que
leurs ſujets en boivent à outrance. Un
pauvre artiſan, connoiſſant la néceſſité

de boire avec excès, pour contribuer aux coffres du Maitre ſuzerain de ſon village, s'écria, en voyant ſon camarade giſſant dans un coin & cuvant ſon vin: *Ah! malheureux que je ſuis, c'eſt ainſi que je ſerai dimanche!*

Un autre motif, qui paroît venir à l'appui de cette opinion, c'eſt que l'ivreſſe tient à l'indépendance. Tout eſt indifferent dans la fureur bacchique; le vin donne du reſſort au caractere, & la vraie phyſionomie de l'Allemand ſe trouve dans le vin. En ſacrifiant à la liberté par des libations; &, ne la retrouvant point dans ſon pays; il eſt excuſable de la chercher dans les caves.

Les Hollandois s'enrichiſſent & proſperent en buvant, ils ne boivent néanmoins qu'aprés avoir terminé leurs affaires; le Viennois boit en faiſant les ſiennes. Le ſécretaire du C. B. s'empoiſonna, de peur de mourir de ſoif.

Ne famem & ſitim ferret,
Venenum potione duxit.

Le buveur ne tient, pour ainſi dire, au Chriſtianisme que par le vin béni.

LETTRE XXX.

Universités Les hommes, élevés au deffus de leurs femblables, font en fpectacle à raifon de leur élévation ; l'état des fciences eft comparable aux beaux jours ; il faut un foleil pour l'éclairer. La liberté de penfer dépend de la liberté d'inftruire ; & en cela on ne peut s'empêcher d'avouer avec affection, dit Mr. d'Alembert dans les melanges de litterature ,, que la fu-
,, periorité préfente aux Univerfités pro-
,, teftantes d'Allemagne, fur les écoles
,, catholiques, eft fi frappante ; que les
,, étrangers, qui voyagent dans ce pays,
,, & qui pafent d'une Univerfité pro.
,, teftante voifine à une autre catholi-
,, que, croyent en une heure avoir fait
,, quatre cens lieues, ou vécu quatre
,, cens ans ; avoir paflé de Salamanque à
,, Cambridgge, ou du fiécle de Scot à
,, celui de Neuton.

L'univerfité de Prague a été fondée par Charles IV, en 1347. Les hommes fe font plu à fe raffembler, toutes les fois que le but de leur nouvelle focieté

les féparoit d'eux - mêmes; les Académies, les Univerfités, les Clubs font autant de témoignages, qui conftatent
l'abus du bien chez tous les peuples.
Un accès de mélancolie attaqua les beaux
jours d'un Roi bohème; un Rabin le fit
rire; cette circonftance, favorable à la
fanté de ce Prince, fit augurer les experts,
que plus de Profeffeurs le feroient rire
davantage; & qu'une Univerfité fondée
à Prague fe rendroit immortelle, en
perpétuant dans les experts l'ancienne
époque du rire.

Je fuis d'accord avec vous que l'Empereur feroit tout, s'il pouvoit tout
voir par fes yeux. Avant même qu'il
prît les rênes du pouvoir fouverain, il
étoit toujours le plus grand, le plus in-
ftruit, & l'homme le plus aimable de
fa Cour.

Ce qu'il a fait à préfent le place
au rang des plus grands Rois; heureux
règne, où nos efpérances germaniques
repofent fur un Roi teuton!

*Et fpes & ratio ftudiorum in Cæfare
tantum.*

K 3

Les saintes confrairies sont pour les pauvres d'esprit dans les petites villes, ce que les Académies sont pour de minces litterateurs dans les grandes ; dans l'une & l'autre de ces deux assemblées, on risque d'être assis à côté d'un sot ; il n'en est pas ainsi des honneurs, accordés aux vrais litterateurs.

Contentez vous aujourd'hui de ma courte missive : je vais vite, & je ne céde en courant qu'à la fléche qui conduisoit Abaris de la Soythie en Gréce ; je défie le plus habile griffonneur d'Europe de bien évaluer nos deux vols.

LETTRE XXXI.

Censure. La Censure est à l'Etat ce que la confession est à l'Eglise romaine, maints auteurs à genoux attendent que leurs manuscrits subissent la peine du réprouvé.

Le grand art du Censeur est de savoir séparer la critique, qu'on ne lui démande pas, de la censure dont les pédans de la Cour savent mieux faire usage que les pédans de l'école. Il fuffit d'un mot, pour condamner le livre le plus dépourvu de mots. Fort fur les allu-fions, on vouloit m'obliger d'effacer les deux mots *Prince accompli*, dans des époques d'un favantaccompli ; (Albert de Haller) de crainte qu'on ne fe fouvînt d'un livre profcrit, ou l'épithéte *accompli* fe trouvoit à coté d'un nom encore plus accompli.

Effacez de votre manuferit les deux paroles *ma foi*, dit un de ces Mef-fieurs, on vous accuferoit, de manquer à la foi ; fubftituez y *marbleu*, mot de toutes les réligions & de toutes les fectes. Tant que l'on féparera le gout de l'ef-prit, & le véritable interêt d'une na-tion, de la fauffe interprétation d'un livre ; les auteurs éclairés réfuferont d'écrire, & les Cenfeurs des moeurs, feuls Cenfeurs à tolérer dans un Etat, nous manqueront toujours. La liberté d'écrire feroit, à mon avis, le meilleur moyen de connoitre les hommes, fi la plupart n'écrivoient différemment qu'ils ne penfent.

K 4

Seroit-ce par un principe raifonné que la Cenfure des pays héréditaires prendroit à tâche de maltraiter les auteurs & les fcribes, pour les dégouter de leur profeffion? Ce tribunal ne feroit-il pas de l'avis du judicieux Ribadeneira, qui penfe que l'ignorance eft la mere des bons moyens; & que la liberté de la preffe eft un monftre; que celle d'écrire eft pernicieufe & que l'imprécation repetéé dans les chaires; *Malheur à vous Scribes & Pharifiens*, eft analogue au farcaſmie: *Malheur à vous ô fages?* Lifez l'éloge de la folie du fage Erasme. Ne dit-il pas que J. C. qui eft la fageffe du pere, s'eft rendu fou, en s'uniffant avec la nature humaine; qu'il a racheté les hommes par la folie de la croix; que les Apôtres, dans leur conduite; paroiffent avoir trop bu, & que, ne fentant plus rien, leurs gouts étant émouffés, ils buvoient du vinaigre pour du lait & du vin pour de l'huile? Concluons de là, que la fageffe eft folie, à la face de Dieu & de la très glorieufe Cenfure de Vienne.

LETTRE XXXII.

Le Roi de Pruſſe, dans ſon traité de Savantiſme la litterature allemande, n'en veut point à l'individuel des auteurs; il n'en veut qu'au génie de la nation. Il auroit fallu écrire un catalogue d'auteurs allemands; mais on bâille toujours en liſant un catalogue. Si l'on pouvoit mettre le génie des Allemands au rebut, ce ſeroit dans les ouvrages de ſimple agrément.

Tacite n'a point prévu ce que l'Allemand ſeroit de nos jours. Il paroît, à la verité, ſous l'aurore du ſavoir, plus tard que ſes voiſins; ſi, cependant, dans ſa primeur, il n'atteint point également à la même profondeur des trois nations éclairées, il préſente à ſon tour un nouveau genre à l'Europe ſurpriſe, celui de l'énergie, ſupérieurement conçue par le ſeul Allemand peut-être; c'eſt la force du bois, qui doit tout aux élans de la nature.

K 5

Les Allemands ont des mots que n'ont point les François, comme : *Geld, Aeltern, Geléhrt*, que nous traduisons par *argent, pere & mere*, & *savant* ; le mot *Geléhrt* signifie plus souvent, dans la langue allemande, un homme qui a fait son cours académique, que ce qu'on appelle savant en françois.

Un théologien, un médecin, un jurisconsulte sont autant de savants en Allemagne, parce qu'ils sont gradués ; s'il en étoit ainsi en France ; chaque parlement, chaque faculté, chaque officialité seroit une académie. Tout médecin, tout avocat est docteur en Allemagne ; il y a bien de ces docteurs, qui ne sont pas en danger d'oublier ce qu'ils ont apris.

Il y a dans les églises protestantes allemandes des bancs particuliers pour les savants ; on y reçoit aussi leurs fils, parce qu'on suppose qu'un jour ils soutiendront thèse ; condition nécessaire pour entrer dans le corps de cette savante cohue. Le Président Montesquieu se trouve dans le Nécrologue françois ; non par sa qualité de Président, mais parce qu'il conipofa des ouvrages marqués au bon coin.

Mendelsfohn, balloté à l'académie de Berlin, y fut reçu unanimement. Le Roi l'en raya ; cet acte de volonté fouveraine devoit lui faire de la peine: *Helas ! non*, difoit-il, *j'aime mieux que le Roi fe foit opofé à ma réception d'académicien, & que l'académie m'ait agréé, que fi le Roi m'eût nommé, & que l'académie m'eût défavoué.*

Boffuet figure parmi les favans de France : non parce qu'il fut Evéque, mais parce qu'il fut bon critique, & grand orateur; en Allemagne il ne lui en auroit couté qu'un cathéchisme pour avoir le titre de *Gelehrt*.

C'eft pour cela que l'Allemagne favante eft infiniment plus peuplée que la France favante. On a dans les grandes villes des catalogues des gens de profeffion & de métier; celui des favants, dont-il s'agit ici, pourroit lui fervir de fupplément.

Les bons livres, & la bonne compagnie font le code du ftile; donner des

régles fur le ftile, c'eft raffembler des
matériaux pour un édifice, dont le plan
n'eft pas encore fait. Les peintres, les
fculpleurs, les architectes vont confulter
les chefs-d'oeuvres des arts, qui les occupent; le génie s'échauffe & produit
de nouveaux chefs-d'oeuvres, fans qu'il
éxifte de grammaire pour la peinture,
pour la fculpture, pour l'architecture.

Lavater brille dans fes masques,
Barth dans fes farcasmes, Munter &
Hee, comptés parmi les favans à Cop-
penhague, ne font connus que par le
fupplice de Struenfée & de Brand, qu'ils
ont fu étourdir fur l'échaffaut.

Les figures de rhétorique en impofent auffi peu que les grimaces de Cour;
cela eft vrai, furtout pour les panégyri-
ques; un héros l'eft plus ou moins,
fuivant le tableau qu'en fait l'orateur.

Nous avons des harangueurs en toute
langue, mais en avons-nous d'affés
éloquens, qui prêchent leur devoir aux
fujets, & qui parlent avec courage devant les Rois, qui les écoutent? Vous
en jugerez par les deux morceaux d'une

véritable éloquence de l'abbé Besplas ; où ce prédicateur a déployé toute la liberté d'un orateur sacré, en prêchant devant Louis XVI. „ Le Roi Prophète „ demandoit pardon à Dieu de ses fau- „ tes cachées, *ab occultis meis munda-* „ *me.* Ah ! Messieurs, qu'elles sont „ effrayantes ces fautes cachées des Rois ! „ Cette dureté d'un Général que le Mo- „ narque a mis à la tête de ses armées, „ & qui sacrifie ses sujets à ses enne- „ mis ; cette imprudence d'un Chef de „ province qui y étale ses déréglemens, „ & un luxe ruineux ; cette ignorance d'un „ Magistrat, qui leve le glaive sur la tête „ de l'innocent comme sur celle du „ coupable ; ces scandales du Ministre „ des autels, dont la vûe endurcit les „ consciences contre le cri de la vertu ; „ cette cupidité du Traitant, qui fait „ blasphémer aux enfans le nom du pere. „ *Ab occultis meis munda me.* Mal- „ heureux le Prince, qui fait peut être „ des actions de clémence dans son „ palais, & qui, aux extremités de son „ royaume, commet des meurtres ! „

En parlant des prisons, notre ora- teur parle ainsi ; „ Oui Sire ! l'état des

,, cachots de votre royaume arracheroit
,, des larmes aux plus infenfibles, qui
,, les vifiteroient; un lieu de fureté ne
,, peut, fans une énorme injuftice, dé-
,, venir un féjour de défespoir. Vos
,, Magiftrats s'éfforcent d'y adoucir l'état
,, des malheureux; mais, privés des fe-
,, cours neceffaires pour la réparation
,, de ces antres infects; ils n'ont qu'un
,, morne filence à oppofer aux plaintes
,, des infortunés. Oui, j'en ai vu, Sire,
,, & mon zèle me force ici comme Paul
,, *à honorer mon miniftère*; oui, j'en
,, ai vu qui, couverts d'une lépre uni-
,, verfelle par l'infection de ces repaires
,, hideux, béniffoient mille fois dans
,, nos bras le moment fortuné, où ils
,, alloient enfin fubir le fupplice. Grand
,, Dieu! fous un bon Prince, des fujets
,, qui envient l'échaffaut!

LETTRE XXXIII.

Phyfio-
nomies.

Je défirerois qu'il exiftât un catalogue,
de têtes, qui prouvât combien Lavater a
déraifonné fur les fiennes; ce ne feroit

point l'ouvrage d'une obole, je le fais, mais je défirerois, qu'il m'en coutât cent.

S'il y a des fciences frivoles, celle de la phyfionomie les furpaffe toutes: deux parties de fragmens de Lavater coutent pour ainfi dire la vie à un citoyen, en adoptant ce que dit Rouffeau; qu'un homme, qui ne peut vivre avec un écu par jour, eft indigne de vivre.

La vraie phyfionomie eft dans nos actions, c'eft la feule fcience à approfondir; je ne donne pas un fétu de l'autre.

„ Je ne fais, me difoit Procope „ Efte, où eft le fit du eapricorne, „ j'ignore ce que c'eft qu'un triangle, „ un quarré, en fait de belles lettres; „ mais mon nom fera un jour plus re- „ nommé, que ceux de l'arabe Albu- „ mazar, de Luc Garic, & du calabrois „ Rutilio Benincafa.

„ Je compofe un traité phyfionomi- „ que fur la barbe, & je connois les „ temperamens par la mâchoire; j'ap- „ puye mon fyftème fur des citations „ de la Bible. „ *Vos poils & les che-*

veux de votre tête font nombrés, dit
le Prophéte. *Dieu feul en fait la
quantité.* ,, Saint Grégoire avoit con-
,, nu, par la barbe, le mal que Julien
,, pouvoit faire à l'Empire ; nous favons
,, qu'il fe trompa : Rutilio cita les pe-
,, res de l'Eglife, Hypocrate &c. &
,, finit par dreffer fes conjectures fur
,, lui-même. ,,

Le Roi de Pologne envoya au Sr. Efte
la patte d'un finge, moulée dans du plâ-
tre ; empreinte, qu'il pouvoit prendre
pour la main d'un enfant : le phyfionomifte écrivit fur la cédule, attachée à la
patte, que la perfonne, à qui étoit la
main, étoit condamnée à mourir à la
chaine.

Un fait affés fingulier, duquel j'ai
été temoin ; c'eft de la mort d'un chat
huant, qu'un phyfionomifte avoit an-
noncé devoir être attaqué & rongé vivant
par des fouris. Cet animal deftructeur
devint effectivement la victime du foible,
vengé par la nature : c'étoit pour le coup
le Hatton des chauves-fouris ; la feule
différence qu'il y eut de cet oifeau à l'Ar-
chevêque de ce nom ; c'eft que l'hiftoire
du

du premier eſt prouvée, & que la mort
de Hatton eſt un conte.

Chaque choſe a ſa phyſionomie;
l'amour même a la phyſionomie des
tems. Je vis, en me promenant avec
Eſte, d'heureux payſans dans l'attitude
du monde la plus intéreſſante; appuyés
ſur le conde gauche, mangeant de la
main droite, maris & femmes confondus les uns près des autres; un joli enfant, couché ſur les genoux de la plus
belle des convives, me donna ce raviſſant
ſpectacle.

Indéfini dans ma façon de voir, je
me crus transferé à quelque table romaine, ſervie dans les gueréts, de Cincin-
natus; où celui, qui étoit le ſecond, avoit
la tête vis-a-vis de la poitrine du premier; où les femmes ſacrifioient moins
aux graces qu'aux moeurs. Quelque
Talmudiſte y eût vu, dans la femme qui
avoit ſon enfant ſur ſon giron, le ſein
d'Agar; quelque élegant y eût lorgné une
belle gorge; cette phyſionomie frappe
l'homme ſenſible; le chef-d'oeuvre de
l'amour eſt le coeur d'une mere.

L

LETTRE XXXIV.

Historiens. Vienne ancienne a peu d'histoires di-
gnes de remarque ; il n'étoit gueres possible qu'un peuple sans culture pût fixer,
avantageusement pour lui, l'attention des
gens de lettres. Depuis que nos savans
connoissent le prix de la sobrieté, ils
écrivent davantage ; nous combattons
enfin pour nos guerêts ; & d'énormes
monceaux de volumes ne nous interdisent
plus le chemin des connoissances.

On dit un jour à Mademoiselle Ninon l'Enclos, qu'un tel n'avoit point de
memoire. *Qu'il est heureux* ! repondit-
elle, *il citera moins*. Malheureusement,
nous oublions avec facilité ; la plupart
de mes compatriotes perdent la memoire
en courant. Faites leur histoire ; s'ils par-
viennent à mériter qu'elle soit écrite ;
& vous courrez avec eux. Il n'y aura de
l'allemand dans leurs hauts faits, que le
lieu de leur naissance, une épitaphe &
leur obscurité.

Il y a quelques jours qu'il me tomba sous la main un livre bien imprimé,

proprement relié, fur les guerres des
Grecs & des Perfes. J'y cherchai l'hiftoire
d'Alexandre; je n'y trouvai que celle de
Bucephale. Combien de fois n'arrive-
t-il pas, dans un autre fens, qu'on nous
donne celle d'un cheval, ou d'un bipede
décoré d'un licou de foie !

Le moyen le plus fimple de connoître l'esprit des particuliers & le génie
d'une nation, c'eft d'en juger par les
livres; la ftérilité des productions donne une idée affés exacte du trifte état,
où gémit notre litterature; par les di-
vers obftacles, qui retardent la com-
pofition & la publication des bons ouvrages.

On ne lit que l'allemand à Vienne
& des brochures dont il n'y a pas une
feule fupportable. Cela n'empêche pas
qu'il n'y ait quelques ouvrages de marque dans cette langue; mais, depuis
que Vienne exifte, il n'eft forti de fes
preffes aucun bon livre de morale à citer
pour le bonheur des hommes. L'orgueil feroit un très grand livre, fi les
feuilles pouvoient fe tirer fur les têtes
des Viennois.

L 2

Si j'étois protecteur d'académie,
j'exigerois que l'on travaillât à l'histoire
de mon pays, préalablement à celle de
la mouche, de la punaise, du ciron.
Voiagez en Allemagne, & vous n'entendrez
que des détails peu intéressants, sur
l'histoire des Souverains du pays, où vous
vous arrêterez. On fait en échange
l'histoire du Portugal, celle du *Missisipi*, de la Paphlagonie orientale & occidentale, & on ignore parfaitement
celle de sa patrie.

Notre petit Duché, me dit un Professeur de Weimar, *est d'une considération
peu remarquée dans l'Allemagne;
& l'histoire de nos Princes n'a point eu
d'historiographe encore.* Je lui répondis,
que des étrangers avoient anticipé sur ce
travail, & que Bernard Duc de Weimar,
éleve du grand Gustave, méritoit bien
que plusieurs écrivains de ce Duché en
eussent écrit la vie.

Les portraits de quelques Ducs se
trouvoient par hazard suspendus dans la
salle où je mangeois; & mon savantasse
me fit remarquer du doigt le grand homme,
duquel je parlois alors. J'avois

une dent contre la docte ignorance de mon jaseur, & je lui donnai une tappe bien assenée de ma cuillere à souppe, sur son poignet à demi-fermé... Il prit sa revanche en homme d'esprit ... Monsieur, me dit-il, vous n'êtes point le Duc de Weimar, qui frappa sur les doigts du pere Joseph, montrant sur la carte les lieux qu'il étoit à propos de faire tracer, dans le plan projetté de la campagne de 1636. *Halte là, pere Josep*, lui dit Weimar, *l'on ne prend point les villes avec le bout du doigt*... Cette apostrophe me rapatria avec le Professeur; & je lui montrai, de la cuillere, la souppe que nous mangeâmes ensemble.

Un pélerin de St. Jaques de Compostel me présenta sa tasse de cuivre de *las platas*; de sa main franque allemande; sur laquelle je vis incisé, entre peau & chair, le monogramme d'une societé, désunie & détruite à l'avantage du globe, & pour l'honneur des Souverains. Il s'étoit fait incruster ce chiffre à St. Jaques même; & me dit que cette singuliere mignature avoit été faite par un faint, & que lui-même s'appelloit Santo-Santai. Des matrones, selon lui, se prêtent dans toute l'Espagne à cette douloureuse maniere de peindre; c'est là le cas, où Scarron, en remontant à l'origine de ce cuisant ministere, eût pu dire :

Et de leurs grands coups scandalisent
Maints géants, qu'elles cicatrisent.

Le Professeur Ernemann, prédicateur des voyages à Upsal, dit au célébre Mr. Schultz, auteur de l'excellente défense des Allemands & des peuples du Nord ; (Leipsik 1773.) qu'il avoit vu un pauvre pélerin, qui s'étoit fait inciser, sur la poitrine & sur les bras; les douze Apôtres, & Judas à une de ses fesses. Tout dépend de l'opinion, dont on envisage les choses; disons avec cet ingenu Charlatan, qui distribuoit des drogues au hazard : *Dio te la mandi buona*, & nous exeu-serons nos folies.

Ne pourroit-on pas faire un catalogue alphabétique très plaisant sur les Professeurs allemands, associés à nos filles de théatre ? De graves perruques ne figureroient pas mal auprès des graces du jour; il est des gens dont le génie ne peut être excité & enflamé que par les contraftes.

La difference, qu'il y a entre le Profeffeur routinier & l'actrice, c'eft que celui-là repete toujours le mème rôle, & que celle-ci varie le fien ; ce font, de part & d'autre, des idées empruntées, qu'on débite à tant par grimace.

La perruque volumineufe du Profeffeur fait autant pour lui, que la belle jambe de l'actrice fait pour elle ; le génie du Profeffeur routinier eft une orgue portative, qui ne joue que tant d'airs ; après le dernier, c'eft à recommencer.

Les antropophages de la partie de l'ile de Ceylan, appellés *Batfcheck*, rempliffent leurs coffres de têtes d'hommes, dont ils ont mangé la chair ; c'eft une monnoie courante, dont ils achetent tout ce qui leur eft néceffaire. Le plus riche d'entr'eux eft celui qui a le plus de ces têtes ; s'ils avoiens befoin de monnoie, pour changer les têtes, plufieurs de nos univerfités pourroient leur fournir des rânes.

L 4

La marche de la génération dans les sciences, comme dans les arts & en physique, dépend de nos inclinations & de nos penchants. Un homme de génie avoit proposé d'abolir les universités ; sous prétexte que rien n'étouffoit plus la doctrine, que de la revêtir d'une robe de Docteur ; les gens, qui veulent enseigner toujours, selon lui, empêchent d'apprendre ; & tout génie se retrecit lorsqu'on l'enveloppe d'un million de scrupules vains.

Buridan, fameux par son sophisme de l'âne, (*) n'eut point accedé à ce projet, en fondant l'université de Vienne ; soyons justes, conservons pour nos vieilles amours un respect de reconnoissance. Faisons comme les Turcs ; rendons honneur aux murs, saluons nos serrails de loin. On est mécréant, impoli, rustre, comme on est pédant, mal élevé, mal propre ; tout bloc mal poli ne sera éternellement qu'un bloc ; mais ce bloc peut devenir une statue remarquable, sous les doigts de l'artiste.

(*) Voyez Bayle, article Buridan, ,

Autrefois dans nos univerſités, vous
trouviez des Docteurs en droit civil peu
civils, des Profeſſeurs de jurisprudence
peu droits, point du tout philoſophes,
& peut-être ſans moeurs... On y bu-
voit, on y fumoit ; le plus fort Talapoin
inſultoit les paſſans, & appelloit cela
faire des connoiſſances ; aucun étranger,
j'en excepte le *Patagon*, ne pouvoit occuper le milieu des rues, ſur les pierres
qui ſéparent les deux pavés ; ſans qu'un
étudiant l'en eût fait deſcendre.

Quant aux antiquaires ; le facétieux
Piron a fait une épitaphe aſſés plaiſante
d'un de ces inveſtigateurs du tems paſſé.

Cy git un antiquaire, opiniâtre &
bruſque,
Il eſt eſprit & corps, dans une
cruche étruſque.

Praxitelle & Phidias furent les premiers
ſculpteurs de l'univers ; Arlequin dit que
leurs ſtatues, à force de vetuſté, ont perdu leurs dents ; & que ſa mere, chef,
d'oeuvre de l'art, n'en avoit plus.

Les ſciences ſont cultivées en Allemagne par des particuliers qui font honneur aux lettres. Chaque Seigneur a
L ſ

des livres, quelquefois une bibliothéque ; &, ce qu'il y a de remarquable
dans les Grands ; c'est qu'ils y passent
le tems de leur loisir.

Les Princes y reçoivent leurs amis ;
mais j'avoue de bonne foi, que je pré-
fererois l'honneur de m'entretenir avec
plusieurs d'entr'eux aux livres précieux
qu'ils ont rassemblés.

On peut dire de nos jours, ce que
Ciceron disoit de son tems : *Cedant
arma togae*. Le fort de Kehl n'a-t-il
pas été cedé à Mr. de Beaumarchais,
pour y faire imprimer les plus beaux
ouvrages des auteurs françois & particulierement ceux de Voltaire ?

Il y a peu d'exemples qu'on ait rasé
des citadelles en faveur des poétes ; il en
est, qu'on ait doublé les murs des forte-
resses, pour les y reclure. Voltaire a
tout changé, même après sa mort.

Je ne saurois passer sous silence un
trait de cet inimitable auteur. Quelqu'un lui envoia un jour un manuscrit,
le priant de lui en dire son jugement.

Voltaire, après l'avoir lu, le lui renvoia ; l'affurant qu'il avoit aquiescé à fon défir. Cependant, on ne voioit ; ni au commencement, ni à la fin de l'ouvrage, ni même à la marge, aucun mot qui indiquât la critique ou l'aprobation. Après avoir bien examiné chaque feuille, on remarqua enfin que le fage de Ferney avoit effacé la lettre N. du mot FIN, qui terminoit le manufcrit ; & qu'ainfi le jugement du philofophe étoit concentré dans l'interjection FI. Retenons ce fait, tiré de l'almanach litteraire de France ; n'effaçons pas le mot *fin* de l'auteur, mais difons *fi,* à nos favans de Vienne.

La bibliothéque ne fait pas toujours le favant, mais elle le décore ; un âne a beau dormir fur les livres, il eft toujours un âne. Cependant, ce qui prouve qu'une bibliothéque eft un excellent moyen pour aquerir de la fcience, c'eft que le Cardinal du Perron, dit-on, ne fut un fi favant homme, que parce que fa mere, étant enceinte de lui, eut envie d'une bibliothéque.

LETTRE XXXV.

Homo homini lupus.

D'où vient que l'homme est le plus
grand ennemi de l'homme? Cherchez
parmi les animaux les plus feroces, vous
ne trouverez point qu'ils cherchent à
détruire leur espéce. Le Lion ne mange point le lion, le tigre ne dévore point
le tigre, le leopard ne fait point la guerre au leopard; &, si quelquefois l'avidi-
té du butin suscite parmi eux des querelles, elles se vuident, de particulier à
particulier, sans que la mort souille la
victoire. Le vaincu se retire; & le vain-
queur, content de son triomphe, jouit
tranquilement du fruit de sa force ou de
son industrie. On ne voit point les
loups dresser des embûches aux loups,
pour venger une insulte ou punir un
affront. On ne voit point l'ours se jetter
perfidement sur l'ours, pour lui enlever
la peau & s'enrichir de ses dépouilles.
On ne voit point la panthere défier au
combat la panthere, pour assouvir sa
haine dans les flancs de son ennemie.

On ne voit point tous ces animaux, auxquels nous donnons si liberalement
l'epithéte de voraces, de cruels; se
rassembler en un corps d'armée, pour
aller déchirer à belles dents une autre
armée, qui ne leur a point fait de mal;
& qui pourtant doit se battre ou périr.
Voilà ce que fait l'homme, lui qui prétend se distinguer de la bête par l'humanité !

Il est vrai, graces au ciel, que nous
avons aujourd'hui des Monarques paci-
fiques & qui savent aprécier le sang d'un
citoien; mais qui peut nous répondre
de l'efficace continue de leurs bonnes
dispositions? Une étincelle, allumée sans
réfléxion, va produire un incendie
affreux; la plus legere agitation, dans la
masse du monde, excite une fermentation
générale, & bouleverse la plus belle
partie de l'univers. Si le projet de l'abbé
de St. Pierre pouvoit un jour se réaliser;
voilà ce qui s'appelleroit un gain pour
l'espéce humaine. Miserables vers de
terre que nous sommes; n'avons-nous
pas assez de fléaux à essuier, sans con-
courir de nous mêmes à les augmenter!
N'est-ce pas assez que le chagrin, que

la mifere, que la maladie, que la pefte, que les élémens, que le feu, que l'eau, que la terre s'arme contre le genre humain; fans qu'il cherche un nouveau moyen de fe détruire ? Eft-il donc déja trop heureux, pour qu'il s'obftine à fe rendre plus miferable ; ou la vie eft-elle peut être trop longue, pour qu'il s'ocupe à l'abréger.

L'ambition, cette paffion brutale & féroce, que les flatteurs appellent la paffion des grandes ames, ne peut-elle donc être affouvie que par le fang humain ? On fait le procès à un malheureux, qui, dans un mouvement de colere, a tué fon ennemi ; & vous comblez d'éloges un furieux, qui, fans y être provoqué, fait egorger de fang froid des milliers de victimes ; & traine les autres enchaînés à fon char, comme des trophées de fa fcéleratefse. O citoiens du monde, quand cefserez-vous d'aplaudir à ces fléaux de l'humanité ! Vous en faites des héros, des idoles, des divinités terreftres ; & par là vous les encouragez au brigandage, au meurtre, à la deftruction ; nommes les brigands, traitez les en fcélerats, regardez les comme des bourreaux, faites

les rougir de leurs cruautés ; & vous verrez disparoître le conquerant & l'ambi-
tieux.

Ce n'est pas sans raison qu'un pira-
te se comparoit à Alexandre ; &, dans le
fond, il étoit moins coupable que lui.
Louis XIV, avec d'heureux talens &
beaucoup de flatteurs ; tourmenta ses
voisins, ruina ses sujets, remplit la terre
d'incendies & de carnages. Louis XVI,
avec des inclinations paisibles, paroît
destiné pour faire le bonheur de la France & la tranquilité de l'Europe.

Prions pour la conservation de ces
Monarques, qui fixent aujourd'hui la
destinée de l'univers ; qui, contens d'affer-
mir leurs Etats, de procurer l'abondance à leurs sujets, de se prémunir contre
les événemens ; ne jettent point des re-
gars inquiets sur les possessions de leurs
voisins ; ne forment point d'entreprises
injustes, font les peres des peuples, les
pasteurs des nations, les amis de l'homme, & qui, s'ils prennent les armes, ne
le font pas pour faire le mal, mais pour
l'empêcher. Tel est le jugement qu'on
doit porter de la conduite, que la plûpart

ont tenue depuis plus de quatre luſtres.
Si le malheur des tems a amené de ces
criſes violentes, qui détruiſent l'union
& la confiance réciproque des nations;
leur ſageſſe a préſervé la terre & particulierement l'Europe de ces coups d'é lat,
qui font gémir l'humanité. On a vu
même règner, au milieu des diſſenſions
politiques & des combats militaires, cette généroſité, cette modération, cette
diſpoſition pacifique, qui caracteriſera à
jamais les règnes de Joſeph II & de
Louis XVI.

Louis XV, le plus poli de tous les
hommes, & peut-être le plus foible des
Rois du côté de l'amour, a commencé
la réforme des guerres, en alliant la dou-
ceur & la bonté avec les exploits funé-
bres de Mars. Jamais troupes n'ont paru plus policées que les ſiennes ; toutes
les provinces, qui dans les tems orageux
de ce ſiécle, ont ſubi le joug du ſoldat
françois, célébrent à l'envi la bénignité
& la complaiſance d'un ennemi, qui,
ſuivant les horribles droits de la guerre,
auroit pu les ſacager & les détruire.
Qu'on liſe les annales de ſon prédéceſſeur ;
on verra combien le ſiécle de Louis XV
étoit

étoit préférable à celui de Louis XIV.
Nous avons lieu d'esperer encore davantage pour l'avenir.

Un Général d'armée, qui, après
une bataille gagnée, contemple le fang
repandu de tous côtés, voit le champ de
bataille jonché de morts ; entend les cris
douloureux des bleffes & des mourans ;
fi, après ces réfléxions, il fe réjouit de
fa victoire ; ce n'eft point un homme,
c'eft un tigre.

Charles XII, en difant que le fon
des canons & de la mousqueterie devoit
faire fa mufique ordinaire, ne donne
pas une grande idée de fon cœur & de
fon difcernement.

Si j'avois le choix de faire égorger
une armée de fix mille hommes, à l'e-
xemple de Sylla, d'incendier des villes,
de devafter des provinces, de perfécuter
des malheureux ; ou de me jetter dans
une fournaife ardente ; je choifirois le
dernier.

Vous voiez, mon bien aimé, que je
fais quelquefois chauffer le cothurne

M

tragique. Je ne fuis pas toujours gai, & je ne le fuis jamais moins, que quand je penfe à l'humanité foufrante.

Autant je me trouve fusceptible d'enjouement, à la vue d'un objet agréable; autant je me fens déchiré à l'afpect d'un mal réel. La bonne nature à fait fagement, denveloper les amertumes de la vie dans un élixir doux & fluide, qui ne nous permet pas d'en fentir toute l'apreté.

Quant au projet d'empêcher la guerre, je le mets au rang des chimeres. Tant qu'on ne trouvera pas le moyen de détruire les paffions, & comment le trouveroit-on ? il y aura toujours parmi les hommes des fchismes, des debats, des diffenfions, qu'il faudra terminer les armes à la main.

LETTRE XXXVI.

Mendiants Le projet d'éconduire le mendiant, quelque facile à exécuter qu'il paroiffe, a des inconvéniens attachés à toutes les

entreprifes, appellées œuvres pies. J'ai
vu des établiffemens, crus durables,
écrouler fous la main des traitants. J'ai
vu couler le bronze & l'airain, dreffé
pour l'immortalité ; j'ai vu fondre Socrate, Marc Aurele, Titus, & la ftatue de
beau cuivre doré à Brunn, placée dans
la nef d'une églife, en face du public,
repréfentant une Reine morave qui ne
fe voit plus. Il eft à fuppofer, je penfe, que les moines en ont fait des caf-
feroles & des chaudrons ; point d'hiftoire, bien plus intéreffant pour des moines, que celui, qui conftate à la poftérité
le fouvenir des belles actions d'une Prin-
ceffe ; que celui d'un maufolée, dreffé
en témoignage de l'amour des peuples.

Les plus grands perfonnages peuvent
être furpris par les faux motifs d'interêt, de monopole, d'ufure, de la part de
ceux qui abufent de la credulité des Princes. De cent maifons, fondées fous
plus d'un titre, il n'en exifte peut-être
pas deux, qui rempliffent à la lettre
l'intention primordiale du fondateur ; &
qui foient exemtes du blâme, de ne devoir leur exiftence qu'à d'heureux pré-
textes, ou à un art mal conçu ; je veux

M 2

dire, celui de faire des dupes. Parmi le nombre des gageures, faites & à faire en matiere de réusfites, je ne parierois pas que l'inquifition d'Espagne ne fût un jour dévolue à des juifs; & que les billets de la banque royale de Londres ne devinffent en même tems billets de confeffion & d'indulgence; *vidi factas ex æquore terras.*

Dans toutes les difpofitions, à faire fur le mendiant; le grand point feroit de le foulager de maniere, à ne pas le priver de fa liberté; & de fomenter en lui l'induftrie, en lui préfentant les moyens de la faire valoir.

Je refpecte & j'admire les premiers fondateurs d'un inftitut pareil... Si j'étois un architecte, qui pût fixer un monument; j'éleverois des autels à l'honneur des bienfaiteurs qui y ont eu part; mais j'en appellerois aux mêmes bienfaiteurs, fur la durée de ce bel ouvrage.

Les hommes font fi méchants, que celui, qui a mille amis, ne doit les compter que pour un; ils fi font dangereux, fi vains, qu'il ne faut, poûr les

engager à mal faire; que leur préfenter un prétexte apparent de générofité
& de vertu, à interpreter à leur profit.
Un feul bienfaiteur peut faire du bien à
cent amis malheureux, victimes des
viciffitudes.

Projetter d'extirper le pauvre;
lui interdire le pavé, feul domaine du
mendiant; c'eft vouloir accréditer les
miracles, rapportés par Herodote & par
Tite Live; c'eft défendre aux mouches
d'entrer dans le temple d'Hercule, placé dans le marché aux boeufs de Rome.

J'en reviens à mon idée fonciére : le
bienfait, qui paffe par tant de mains, ne
peut être un bienfait. Malheur à ceux
qui reffemblent aux vafes fragiles, qui fe
laiffent prendre à toutes mains par les
oreilles; ils fe briferont à la fin.

Un établiffement d'une utilité con-
ftatée, un établiffement, à propofer aux
pafteurs des peuples, feroit de créer une
banque, à l'inftar de celle des pauvres
de Vienne; banque, qui dans tous les
pays fubvînt aux befoins des artiftes, ou
au foulagement des gens de lettres; &

qui fuggerât au genie terraffé un moyen fur de fe relever, & de faire fleurir les arts; fans lesquels l'Etat ne ceffera jamais d'avoir des mendiants & des pauvres.

D'heureufes avances encouragent l'induftrie, le refus des moyens l'atterre; foulagez les mendiants, prenez garde, néanmoins qu'ils ne deshonorent l'état de pauvres vertueux; honteux de fe voir à la merci de la haine & de la pitié des citoyens; & confondus avec des gueux, qu'il vaudroit mieux inftruire & corriger, fi l'on pouvoit, que de les chaffer d'un pays.

Celui, qui le premier inventa l'art de nourir le pauvre, a fait bien des miférables. On ignore affés dans toutes les villes l'art d'employer le mendiant, fans le punir par la perte de fa liberté; on lui refufe jusqu'au foleil, cenfé le feu du pauvre; les hopitaux mêmes femblent être bâtis pour les riches, qui en tirent des penfions; une maifon femblable à Lisbonne recueille les aumones;

Pera al entretenimento de los corvos.

Les lombards, inftitués pour le foulagement des néceffiteux, font devenus aujourd'hui la banque du prodigue; c'eft un lieu de luxe; le riche y gagne & le gueux s'y ruine. Le beau dicton . . . *prêter fans rien efpérer*, fe chante dans quelques motets de Bergolefe, & ne paffe point l'oreille.

On eft frappé de voir de bons Princes être les victimes des forfaits; des tyrans, au contraire, échapper aux atteintes du crime. C'eft que l'ennemi du bon Roi eft le fujet féditieux; celui des Tyrans, eft l'homme vertueux & paifible; riche ou pauvre, il n'affaffina jamais.

Bien des villes fe vantent de n'avoir point de pauvres, parce qu'on n'en voit point, qui arrêtent les paffans au milieu des rues. Toute ville, cependant, dont les habitans ne travaillent point, ne font point induftrieux; eût-elle des hopitaux auffi riches que ceux d'Espagne, regorgera de mendiants, attriftés de leur mifére, pleurant fur la perte de leur liberté. La feule ville, s'il m'en fouvient, qui puiffe fe glorifier d'avoir le moins de néceffiteux poffibles, c'eft Luques.

M 4

Y a-t-il des hopitaux? je l'ignore; les munufactures y suppléent, & l'humanité y gagne.

Si jamais vous passez F'..., voyez l'inscription, mise à l'entrée de la maison des malades, construite aux frais du peuple; *eccola*:

Tulit alter honores:
Hi soli sunt adjutores,
Populus autem auxilia tulit.

Que ne met-on ces mots sur la plupart des édifices? Les moyens ne manquent jamais plus évidemment, que lorsqu'il s'agit du bien général; &, dans toutes les entreprises de simple nécessité, on en revient toujours au pauvre peuple.

Je n'ai vu encore le mot d'Horace, *aequa lege necessitas sortitur insignes &* *imos*, sur aucune porte; la pauvreté n'a point de loix & est sujette à toutes les loix. Ce que je viens de rapporter, me fait souvenir d'une maison fondée pour les pauvres; je ne sais en quelle ville d'Italie. Sur la porte de cet hopital, il s'y trouve: *Entrez*; au-dessus de l'es-

calier à droite, qui conduit à une autre
porte : *Montez*; fur le cordon d'une
clochette : *Sonnez*. C'eft, à la vérité, autant d'encouragements pour les paffans
à demander l'aumone ; mais, l'humanité
n'y étant point en défaut ; la police permet ces affiches commodes, en faveur
du *mutuum auxilium*, que l'on ne
trouve point aifément, fans quelque timbre aux portes. Peu d'hommes riches
connoiffent encore le vrai moyen de confoler le pauvre ; ce n'eft point par des
mots que l'on fatisfait au béfoin ; le
chariot de l'esperance a le malheur pour
guide, & le poëte *Sadi*, écrivant à fon
ami qu'il s'étoit trouvé au défespoir de
n'avoir point de fouliers à mettre, tant
il étoit pauvre ; fe confola le même jour,
en voyant à la porte du temple un mendiant, auquel il manquoit les deux piés.

Que n'accorde - t - on point, pour
établir un béfoin ? Don V..., qui cherche à glaner fans ceffe, risqueroit de fe
voir privé le premier des mêmes aifan-
ces qu'il condamne en grondant.

L'infcription, que l'on voit fur une
maifon où l'on fait juftice à Rome ; com-

viendroit, je crois, à quelques-uns de nos hopitaux d'Europe :

Per me ſi va alla città dolente.
Il Dante.

Depuis le tems des croiſades, à l'exemple des chevaliers hospitaliers, on érigea de vaſtes maiſons pour les malades, & l'on oublia d'y loger le pauvre. Les frais de vaſtes batimens, paſſant les bornes des vrais béſoins, devinrent la proie des régiſſeurs ; & les néceſſiteux furent presque toujours l'objet de l'oubli général. Il ſuffiſoit dès - lors d'abandonner le ſoin des mendians à la Providence, les hommes ignorant comment les ſoulager. Telle fut la ſituation de l'humanité, avant que l'art des finances & l'étude du commerce montaſſent au degré brillant, où ils ſont aujourd'hui.

Encore un mot ſur les vrais pauvres, ſur ceux que la rigueur des loix, que l'infortune ou la malice reduit à la mendicité. Il ſeroit à ſouhaiter, qu'avant d'étre riche on eût été pauvre ; pour ſavoir, combien toute ſorte de détreſſe peſe aux vrais néceſſiteux.

Le riche a cinq fens, le pauvre en a fix... fon fixiéme fens eft la néceffité, qui rarement conduit aux belles actions. Il n'eft pas moins vrai, néanmoins, que, quand il s'agit de fécours momentanés, il n'y a que les gueux qui s'entraident. Ceux, qui ont le plus, donnent le moins à l'indigent; parce qu'ils fe font des néceffités précaires, qui étouffent en eux la voix de l'humanité.

Je ne puis m'empêcher de gémir, quand je vois l'indigence qui règne ordinairement à la campagne & le mépris qu'on fait du laboureur. Celui qui nourit manque de pain, & l'homme oifif en regorge; l'homme néceffaire eft méprifé & l'homme inutile eft honoré; quel contrafte humiliant pour, ce que nous apellons créature raifonnable! Pour moi, je refpecte infiniment le payfan, fur tout quand il a la vertu en partage.

J'eftime plus le toit de l'humble la-
        boureur,
Chez qui règne la paix, la vertu, l'inno-
        cence;
Que le palais d'un Grand Seigneur,
Où l'on voit réfider le vice & l'infolence,

Louis XVI vient de d'onner une nouvelle preuve de la bonté de son coeur; par laquelle il est facile de juger, qu'il a les inclinations du pere des Bourbons, & qu'il mérite, mieux que Louis XII, le nom de pere du peuple. L'ordre qu'il a donné, à un de ses officiers, de parcourir les vastes provinces de son son royaume; & d'examiner particulierement la situation de ce qu'on apelle vulgairement *la lie du peuple*, fait mieux son éloge, que toutes les expressions hyperboliques de nos flatteurs.

J'ignore ce que je dois le plus admirer; ou de l'inclination bienfaisante du Souverain, qui s'intéresse à la fortune du moindre de ses sujets; ou de la généreuse sincérité du guerrier, qui a eu le courage de présenter au Monarque des vérités tristes & déchirantes. Puisse une si belle entreprise être couronnée de l'issue la plus glorieuse! Cette belle disposition doit contribuer davantage à l'affermissement de son trône, & à la population de ses Etats; que les conquêtes les plus brillantes.

Ce que je crains; c'est qu'un projet, si digne d'être féçondé, ne trouve des obſtacles de la part de ceux mêmes , qui, par leurs fonctions, dévroient s'empreſſer à le faire réuſſir.

Tant que l'interêt particulier prévaudra ſur l'interêt général, il eſt impoſſible que les foibles ne ſoient pas ſacrifiés à l'avarice du plus fort.

Il ſeroit donc eſſentiel , pour lui donner un heureux ſuccès, de ne confier l'intendance ou la direction des provinces, qu'à des perſonnes, connues par leur déſintéreſſement & leur commiſération à l'égard des malheureux.

Mais combien en trouve - t - on , parmi les Grands & les riches? Il faut avoir éprouvé les rigueurs de la miſere ; pour en connoître tout le poids & pour le reſſentir dans les autres. Véritablement, tous les indigens ne méritent pas également d'être plaints & ſoulagés.

La miſere eſt le fruit & la récompenſe naturelle de la pareſſe, de la débauche, du crime Quoique tout homme, dans la néceſſité, ait droit à notre compaſſion ; il eſt conſtant que nous la

devons, à plus jufte titre, à celui qui y
à été entrainé par les coups inattendus
de la Fortune ; qu'à celui, qui s'y eft précipité par fon inconduite.

Afin donc de ne pas confondre le
vrai pauvre avec le faux, le bon citoyen
avec le méchant ; j'eftime qu'il faudroit
établir, dans chaque ville ou même
dans chaque village, des Cenfeurs, non
pas de litterature, mais de moeurs ; qui
rendiffent compte au Monarque ou à fes
fubftituts de la bonne ou mauvaife conduite des indigens ; pour que chacun
pût être aidé felon fon mérite. Mais,
qui dit Cenfeur, dit une perfonne irré-
prochable ; & ce ne font point les honneurs ni les richeffes, qui donnent ce
titre ; mais la probité en tout genre.

LETTRE XXXVII.

Biblio-
théques. Les bibliothéques, regardées comme
les archives du genie, nous rappellent le
fouvenir des chofes paffées ; en attendant
qu'elles nous découvrent la connoiffance

de l'avenir, que les aſtres annoncent à la mémoire.

Epicure place le ſouverain bien dans la réminiſcence de nos beaux jours; mais tant d'hommes ſe refuſent aux convictions dans les nôtres, que beaucoup de nos Seigneurs mettent la memoire au rang des plus grands maux.

Les bibliothéques & nos boutiques de quinquailleries ſont d'une importance presque égale parmi nous; mille futilités, contre un ſeul béſoin de prix. Voyez ſous les titres ſpécieux; *le palais des curieux, le jardin des âmes, la fontaine d'amour, la manne céleſte* &c.; avec toutes les commodités, que preſentent ces belles affiches, le lecteur ſe trouve mal logé à la premiere, peu diverti dans la ſeconde, plus mal abbreuvé à la derniere, &c.

Je fus conduit à une bibliothéque, où les livres etoient ſens-deſſus-deſſous; l'édifice écrouloit; &, ſi l'on n'y remédie, pauvre ſcience, tu rouleras au fond des eaux; charmante verité, je te retrouverai dans un puits.

Le propriétaire de cette Heraclée scientifique s'illustroit à ne lire d'autres livres que le code; d'autres brochures, que le traité sur les duels. Ces deux ouvrages rappelloient dans sa maison la réponse de Diogène, qu'un impudent chargeoit d'injures : *je suis appellé à un combat, dit le philosophe, où celui qui triomphe est vaincu.* Un étranger y reconnoît Annibal, qui, après sa défaite, conseille aux Carthaginois de vivre en paix. Magliabechi eut, dans sa manière de lire, le même esprit de désordre.

Thomas Cave dit dans sa Boréade;
,, s'il t'arrive de donner ton loisir à
,, l'étude; je te prie, mon cher Antoine,
,, mets des toiles ou des vitres aux fe-
,, nêtres, qui garantissent les livres de la
,, pluye; si, cependant, Borée ravageoit
,, les trésors littéraires; recours à la
,, memoire & retiens ce que je dis;
,, car, autrement, mes vers deviendront
,, la proie des vents.

On pourroit écrire, sur la plûpart des Bibliothèques des moines, la défini-tion que Richelet fait en général de tous
les

les magazins de livres; c'eſt, dit - il, l'endroit d'une maiſon, où ſont rangés, par
ordre ſur des ais, les volumes imprimés
& les manuſcrits, dont, dans les grandes bibliothéques, une perſonne de lettres
a ordinairement ſoin; rien que cela.

Adam, pere & ſouche des croyans,
eſt en même tems le patriarche des auteurs; on lui attribue un livre de la
création: V. Bayle. Le premier livre
du monde c'eſt l'univers; le ſage ſeul y
lit, ſans ſe piquer de le bien com-
prendre.

Les couvens les mieux établis ſe trouvent dans les contrées les plus fertiles,
presque toujours adoſſés à des rivieres
qui abondent en poiſſons, à des vignobles
riches & fertiles; & le béſoin y eſt presque toujours ſatisfait au profit des moines. Il n'en eſt pas de même des bibliothéques des Seigneurs du romain empire; les ſix mois d'hyver, les portes
en ſont barrées de glaçons. La bibliothéque de Vienne même n'a ni cheminées
ni poéles; & l'hyver eſt un tems perdu
pour la litterature; ceux qui y fonde-

N

roient des fourneaux mériteroient un monument

Fornacium in Bibliothecis,
Artium omnium promotori,
Minervæ a Borea defensori,
Ob facillimum remedium,
Antea nemini cogitatum,
Mira sedulitate detectum,
Aeternæ gratitudinis ergo,
Aere publico monasteriorum volentes posuerunt.

Tout magazin de livres dévroit contenir les agrès néceſſaires au métier de telui, qui vient y puiſer des connoiſſances; &, à la ſuite de cet arrangement, les gens de loi, les beaux eſprits, les philoſophes dévroient avoir leurs librairies particulieres. Une bibliothéque, dont les briques figureroient ſur des tablettes à la place des livres, deviendroit pour le maçon auſſi utile, que des *in folio* de papier vermoulu ſervent peu aux ignorans.

Si je connoiſſois moins l'ennui, je vous entretiendrois de Marie Kuniz fameuſe Siléſienne, connue par ſon éru-

dition, & par ſes vers ; un Evêque la
ſomma de faire une inſcription à mettre
au deſſus de la porte d'une maiſon de
néceſſiteux à Schweidniz, elle fit cet
impromtu :

Da tua, dum tua ſunt, poſt mor-
tem nulla poteſtas
Dandi ; ſi dederis, non peritura dabis.

Je vous parlerai du ſiége de cette ville,
qui, dans la guerre paſſée, à l'inſtar de
toutes les villes aſſiégées, s'étoit vue
expoſée à la triſte alternative, de conſer-
ver un milliard de briques, ou de perdre un million de ſoldats.

On fait dans cette ville des cadenats
cilindriques, nommés cléogrames ; ſur
différents cercles ſe trouvent gravées
pluſieurs lettres, à la connoiſſance des
gens, dont l'humeur inquiete ne laiſſe
gueres aux autres le tems de faire un
grand nombre d'épreuves pour, les combiner. Un cléograme devient aujourdhui
un emblème ingénieux pour le grand
homme, qui préfere, à la vanité des
entrepriſes, le talent de combiner.
Aux deux anſes d'un coffre fort du Roi

à Potzdam, font attachés plus de mille petits cadenats, faciles à ouvrir un à un; mais capables d'impatienter le plus fier ouvreur, qui entreprendroit de les forcer. Les petits obftacles arrêtent feuls, mais on brusque les grands; un moyen fur pour obvier à de puiffans défordres, c'eft de leur oppofer mille petits moyens qui les détruifent. Un canon du calibre de la tour de Strasbourg, dans une bataille, deviendroit un parapet pour l'ennemi; cent canons de 24. finiffent la guerre.

Permettez moi de vous parler, en paffant, du petit Bourg de Krumhübel près de Hernsdorff, petite ville dont toutes les confections chimiques fe repandent dans le Duché de Siléfie; il y a peu d'exemples dans l'antiquité, qu'un Corps d'artiftes ait eu une ville à foi.

La loge des Francs - Maçons à Andernach, comme le bruit en court, vient d'aquerir en proprieté le Bourg & Chateau de Friedrichftein aux bords du Rhin, pas loin de Neuwied; les réligions, en tant que réligions, n'ont point de terres.; l'ordre des F. M. en a ; c'est que ce n'est point une religion, mais un mistere.

Dans ce demi-Bourg de Hernsdorff, j'ai vu la belle bibliothéque d'auteurs latins, en propre à la famille des Comtes de Schaffgotfch. Au deſſús de la porte de la bibliothéque ſe trouve en lettres ſculptées: *legere ſcienti*. Ici, c'est un doute académique, en Angleterre un bénéfice du clergé. Au deſſús des tablettes, où mes livres ſont placés pour moi, où mes amis ne moiſiſſent jamais : j'y ai mis : *his utere mecum*.

Sur un gros in folio, qui contient la généalogie de Mrs. de Schaffgotſch, on lit ces mots :

Qui rapit hunc librum poſſit ſibi
frangere collum ,
Et , fraƈto collo, tartara nigra petat.

Un anathème pareil a été repeté par un de nos ſavantaſſes d'Allemagne, Monſr d'Emeric, Miniſtre de l'Evêque de Ratisbonne à la Diéte de l'Empire , dans la préface de ſon livre contre les Athées, publié en 1767. Il y prie tous les. Souverains, Rois, Princes, ou Gouverneurs des peuples, de faire donner cent coups de bâton à quiconque hazardera de critiquer son ouvrage.

Ce n'est point une exécration, que cet Abderite vient de prononcer, c'est une anastrophe; vice de construction contre la politesse, contre le droit des gens, contre l'usage.

Furit immissis Vulcanus habenis
Transtra per & remos.
Virg.

En 1422, trois chariots chargés de livres grecs, françois, latins, hébreux déposerent contre la litterature du pays; il ne s'en trouva pas un seul en langue bohême.

Ziska sut peu de latin, point du tout d'hébreu ni de grec; & la chronique rapporte, qu'un prêtre nommé Qualk, traducteur fameux, interpreta au héros Slave le roman de la Rose. Parvenu à la description que Loris de Méhun fait de l'amour:

Lui se tient , & l'autre part,
Le Dieu d'amour , qui départ.
Amourettes à ses devises.
C'est qui ses amans attise,
Et qui abbat l'orgueil des braves;
Et fait de grands Seigneurs esclaves,
Qui fait servir Reine & Princesse
Et Repentir Nonne & Abesse . . .

Au cinquiéme vers: *Et qui abbat*
l'orgueil des braves, Ziska sauta sur le
livre, pour le mettre en piéces; à la ré-
quisition du lecteur, il permit de recommencer, & lorsqu'il en vint au vers:
Le Dieu d'amour &c. . . . il voulut que
le livre fut traduit. Il en existe une
traduction dans la bibliothéque, du
Comte de Schaffgotsch à Hernsdorff, &
j'ai vu là une Dame, qui l'appelle son
code d'amour.

LETTRE XXXVIII.

Je ne sais quel songe creux partageoit Dénom-
enciennement les nombres en mâles & brement.
emelles. On fait à grands frais, dans

N 4

un très, petit Etat, le dénombrement des brebis :

Pauperis eſt numerare pecus.

S'il venoit en idée à quelque Prince de s'aſſurer du nombre des ſujets utiles dans ſes Etats, d'y créer le genie, en le tirant de l'obſcurité où il git encore ; chaque ſujet ſeroit invité à confier à ſon Roi l'emploi éventuel de ſes talens. Les peres des peuples fomenteroient cet acquis dans les uns, l'encourageroient en d'autres, & rendroient par là chaque individu reſponſable d'un bonheur, dont il ſeroit lui-même l'artiſan & le moteur.

Paſteurs, qui veillez ſur vos peuples, ne craignez point de vous égarer en multipliant les recompenſes. Si les uſuriers connoiſſoient la valeur fonciere du bienfait, & les fruits qui réſultent du choix des talens recompenſés ; règner ne ſeroit qu'un jeu, & ſervir l'Etat le plus grand des bonheurs.

Dans chaque Etat, le ſujet & le Prince ont leur arithmétique particuliere.

Joſeph II compte ſes peuples ; Cecrops, pour ſavoir le nombre de ſes ſujets, ordonna que chacun apporteroit une pierre dans un certain lieu qu'il désigna; il fut obéi, on compta les grais, il s'en trouva vingt mille.

Dans l'ancienne Rome, le nom de chaque galant, qui venoit de loin rendre visite à la fameuse Taïs, étoit écrit sur une ardoise, que chacun étoit requis de lui apporter. Il en tenoit registre à la fin de la journée, comptoit ses prouesses, & rendoit graces aux Dieux du succès de ses exploits. Un capucin compta les siens; &, comme il avoit mis du raffinement dans ses plaisirs, il differencia ses prouesses, en marquant sur le mur, avec du crayon noir, un zero pour le droit, & une virgule pour le fait; il se trouva qu'en s'éveillant il y trouva la formule 100, qui suscita en lui les deux verves, la naturelle & la latine.

Ter . . . . hac nocte, mane nume-
rando labores
Inveni centum me . . . . vices.

Le militaire en Autriche fut employé seul à l'important emploi de calculer les hommes.

N 5

Hac arte, Pollux & vagus
Hercules rexere tigres, indocili
Jugum collo trahentes.

Il feroit à fouhaiter qu'un climat
doux, des habitans amis des arts, attentifs au bien, donnaffent aux peres des
peuples l'idée de compter leurs fujets par
leurs vertus.

Le projet de Philippe V. Roi d'Espagne étoit de fe transporter avec tous
fes fujets en Amérique * * *; où irons-
nous ?

Littora littoribus contraria, fluctibus
undæ.

Il eft important fans doute d'encourager la population ; mais fert - elle au
bonheur des hommes ? c'eft la queftion.
Les Régiffeurs des peuples ne mettent
qu'avec peine les hommes dans cet état
conftant de felicité & d'aifance, dans
lequel la population augmenteroit d'elle-
méme.

Il eft certain que, relativement à
nos moeurs, une plus grande popula-

tion ne feroit qu' acroître la misere des peuples. En supofant que l'Allemagne contienne vingt quatre millions d'habitans, comme le prétendent la plûpart de nos Géographes; il eft vifible que plus de la moitié de ce nombre ne fubfifte qu'à peine; & que, de cette moitié, il y en a aux moins le quart qui éprouve toutes les horreurs de l'indigence. Que feroit-ce donc, fi les habitans multiplioient encore? Ne faudroit-il pas que, femblables aux cannibales, ils fe déchiraffent & fe dévoraffent les uns les autres? Il ne fufit donc pas de favoir procurer des fujets à un Etat; l'effentiel eft de leur procurer des vivres.

La Chine, dit-on, contient un peuple immenfe & fournit des vivres abondament à cette multitude d'habitans. Sans aprofondir la vérité de cette propofition, je veux l'admettre pour certaine. Hubner, cependant, qui raifonne en conféquence de ce principe, ne donne à ce vafte empire que foixante & quinze millions d'habitans. Affurément, il n'y auroit pas à fe recrier fur la population de la Chine, fi le nombre de fes fujets n'alloit pas au delà.

La France, à proportion, feroit beaucoup plus peuplée. Ce roiaume compte vingt deux à vingt trois millions d'hommes; & n'eft gueres que la huitiéme partie de la Chine. En conféquence, pour que ce dernier empire foit auffi peuplé que la France, il faut qu'il ait huit fois plus d'habitans: c'eft à dire; 184000000. Ajoutez à cela, que toutes les terres de cet immenfe roiaume font cultivées; qu'il n'y en a point de ftériles, & qu'au contraire elles font fi fécondes, qu'elles produifent en partie deux récoltes par an. Ajoutez encore que les Chinois, font, beaucoup moins voraces que les François; & vous conviendrez avec moi que la Chine pourroit plus facilement nourir 200000000 d'hommes, que la France 23000000.

Et fi l'Europe n'étoit pas déjà trop peuplée, fe feroit-il autant d'émigrations dans les autres parties du monde?

Ainfi, les Souverains, qui veulent multiplier le nombre de leurs fujets, doivent auparavant examiner s'ils ont les moyens de les faire fubfifter honnêtement; afin qu'on ne puiffe pas dire:

*Multiplicasti gentem, sed non magni-
ficasti lætitiam.*

Plus le luxe augmente dans un Etat,
plus il faut qu'il s'afoiblisse; donc pour
fortifier un Etat; il faut réprimer le luxe.
Je ne parle point de cette vaine magnificence en habits, en meubles, en loge-
mens; ceci ne consume point de vivres;
si vous en exceptez ces palais immenses,
qu'acompagnent des jardins spacieux,
des avenues, des parcs, des bassins à
perte de vue; qui, ocupant un sol fertile, privent l'humanité d'une ressource
propre à étendre l'abondance. J'entens
ici proprement le luxe des tables, tant
pour les alimens que pour la boisson.
J'entens encore celui des voitures, qui
oblige d'entretenir un nombre de chevaux superflus. Or, supofé que ce nombre fe montât à un million dans un grand
Etat; en le réformant, on pourroit facilement le remplacer par 400000c
d'hommes; un cheval mange au moins
autant que quatre hommes. Le cheval, il est vrai, mange du foin & de
l'avoine; mais ce qui produit ce double
aliment, pourroit également produire
des grains & des fruits.

J'ai déjà parlé de la réforme des vignobles, article qui ne plaira pas à tout le monde ; ainsi que des grands repas & des gros mangeurs; c'est pourquoi je n'en dirai pas davantage ; peut-être en ai-je déjà trop dit. Adieu.

LETTRE XXXIX.

Modes. Peu-à-peu, les modes françoises s'introduisent par tout.... J'ai vu une Dame Corse avec un toupet fort haut, & un bonnet d'hyver pardessus. ... *Tectum potius quam Tegmen* ... Les inventeurs des modes, embarassés de fournir de nouvelles parures, trouveront dans Athénée des sources de nouveautés inépuisables. Les ouvrages de cet auteur sont de jolis riens; les palatines des femmes, il les appelle *catenas lineas* & les mouchoirs de mousseline, *ventos textiles.*

La mode seroit, pour un homme d'Etat philosophe, un barometre assuré de la richesse ou de la pauvreté d'un pays. Ne vous trompez pas néanmoins sur le choix

des objets, dans un tems, où il y auroit
le plus de reſſources parmi les particuliers d'une capitale, qui donne le ton au
monde. J'ai vu des bagues de crin aux
doigts des élegans, des boètes & des
étuis d'ivoire, pas une tabatiere d'or ; les
femmes ne faiſant aucun cas des diamants
y ſuppléoient par des rubans de paille :
de petits - Maitres payoient, en beaux
jettons dorés, la vertu ſéduite, que les
mêmes hommes, ſans la mode, euſſent
reſpectée. J'ai vu dans ces tems, dis - je,
cent familles s'enrichir par des voies
ſouvent honnêtes, cent artiſtes recompenſés, encouragés par des amateurs contens de leur esprit & tolerant, celui des
autres. Chaque ſpectacle a, pour ainſi
dire, ſon crépuscule & ſon aurore. Du
ſoir au matin, tout fut changé ; la mode
donna le ton, mais d'une voix fauſſe &
rauque, qui contrebalançoit les talens
par le ſuccés, & le prix des arts par le
nombre de nos artiſtes ; multiplicité,
qui leur a fait toujours plus de tort que
la raiſon.

La mode, que l'imprudence renou-
velle chaque jour, eſt le talent de bien
des gens, le plaiſir de beaucoup d'autres ;

arme dangereuſe pour la liberté, ſi elle
duroit toujours, & dont l'uſage eſt ſou-
mis à des regles. La mode, enfin, me
fit ſacrifier, à mon tour, à une dette de
convention, dont quelquefois même je
m'aquittois avec un peu d'orgueil;
j'achetois des amis par des vices, & des
maitreſſes par le plaiſir.

La mode, dans les habits, dans les
parures, eſt en elle-même une choſe
aſſez indiferente. Que les habits ſoient
longs ou courts, larges ou ſerrés, ſimples
ou chargés d'ornemens; que les ſouliers
ſoient hauts ou plats, que la tête ſoit
au milieu ou à l'extrémité ſupérieure du
corps; que les cheveux tombent négli-
gemment ſur les épaules, ou qu'ils s'éle-
vent à la hériſſon; qu'ils ſoient pendans
ou bouclés; une belle perſonne ſera toujours belle, & une laide figure n'en ſera
pas moins laide.

Il eſt certain, cependant, que ce
qui convient à un âge ne convient pas
également à l'autre. La jeuneſſe doit
ſe raprocher autant qu'elle peut de la
nature; il eſt permis à la vieilleſſe de s'en
écarter. Les plis & les bouffantes ne
ſer-

servent qu'à gâter la taille des vierges.
Jeunes Nimphes, laiſſez les aux Divinités
diſgraciées & ſurannées; à la mere Ju‐
non & à la nébuleuſe Amphitrite.

Evitez encore tout ce qui peut vous
gêner & vous contraindre. J'aime que
vos mouvemens ſoient naturels & déga‐
gés; rien ne me paroît au contraire plus
diſſonant , que de vous voir auſſi graves
que Philippe IV, & auſſi roides que
Don Quichotte. Mais evitez ſur tout ce
qui peut porter atteinte à la ſanté. Voilà
ce que je viens de recueillir de Mr. Backer,
célébre Docteur de la faculté de méde‐
cine de Paris :

Il y a un certain fard métallique, dont
les Dames ſe ſervent avec quelque ſuc‐
cès pour ſe blanchir la peau; mais qui
entraine après lui les conſéquences les
plus terribles. Il reſſemble à l'eau la
plus claire, ſe ſéche promtement, reſte
attaché à la peau pendant plus de quin‐
ze jours, ſans que le ſoleil ou l'eau puiſſe
l'alterer. D'un autre côté, celles, qui
s'en ſervent habituellement, ſe trouvent
ſujettes aux fluxions & aux vapeurs; elles
deviennent maigres & boufies, meurent

O

dans les convulſions & les étoufemens;
après avoir été tourmentées des douleurs
les plus cuiſantes.

Selon le même auteur ; il n'eſt pas
moins dangereux de vouloir ſe donner
une taille trop fine. „ C'eſt, dit‑il, à
„ raiſon de la flexibilité, de la ſoupleſſe
„ & de la laxité; que les enfans & les
„ femmes les plus délicates endurent la
„ compreſſion du bas ventre, avec
„ moins de douleur ; mais, après la pre‑
„ miere jeuneſſe, ſi le bas ventre con‑
„ tinue à être comprimé; les viſceres
„ les plus foibles reçoivent bientôt la
„ ſurabondance du ſang, dont les vis‑
„ ceres les plus comprimés cherchent à
„ ſe débaraſſer. „

„ Il faudra donc que le ſang afflue,
„ en trop grande abondance, dans les
„ viſceres qui peuvent le plus aiſément
„ ceder. Il doit donc arriver, que les
„ poumons, la rate & la veine‑porte
„ en ſoient ſurchargés. — Les viſce‑
„ res fatigués ſont bientôt contuſionés,
„ meurtris ; ils s'engorgent de plus en
„ plus, ils s'énervent & deviennent va‑
„ riqueux — Ce n'eſt que, quelques

,, jours avant la mort, qu'on s'aperçoit
,, que la gangrene est dans les visceres;
,, & qu'il n'y a plus de remede. ,,

Qui bene audit, intelligat.

En un mot, ce qui me plait davantage dans le beau sexe, c'est de lire sur
sa phisionomie un air de santé, l'enjouement, beaucoup de naïveté, point
trop d'esprit, de l'orgueil encore moins,
avec une petite provision de sagesse & de
discrétion.

LETTRE XXXX.

Les moyens de défense, que prend la
Comtesse de la Motte, ne conviennent
guères à la descendante des Rois. Jetter
le chandelier à la tête de l'un, montrer
aux autres, ce qu'on doit cacher, pour
refuter leurs argumens; voilà des manieres de batailler, qui sentent plus la halle
que la Cour. Mais, faute de raisons su-
fisantes, il est quelquefois à propos d'en
aporter de burlesques; & de savoir faire
rire, pour empêcher que les affaires ne
deviennent trop serieuses.

La sienne me paroît désesperée; &, si le labirinthe qu'elle a tracé fait honneur aux ressources & à la fécondité de son genie; il n'en est pas de même de son coeur, qui décele les inclinations les plus noires & les plus indignes d'une femme, qui joue un certain rôle dans le monde.

Plus sa malice éclate, plus l'innocence du Cardinal devient manifeste; cela s'entend. Mais, s'il réussit à se justifier du crime d'escroquerie; réussira-t-il de même à purger les soupçons qu'il a fait naître sur l'indécence de ses moeurs?

Je ne suis pourtant pas de ceux, qui veulent interdire aux éclesiastiques tout accès au plaisir; ils sont de chair comme les autres, & la chair est foible. Le pieux David, après avoir seduit Bersabée & fait mourir son époux, s'écrie dans son transport; que tout homme est menteur: ce qui signifie à-peu-près: *sujet aux foiblesses dela nature.*

Fréderic, en disant qu'il falloit que le Cardinal eût bien de l'esprit pour se faire paſſer pour un ſot, a voulu ſans doute inſinuer qu'il ne l'étoit pas.

Un juge, auſſi clairvoiant, me paroît plus croiable que mille étourdis, qui diſent le contraire. Il n'eſt pas béſoin d'être ſot, pour être la dupe de ces ruſées magiciennes; le plus fin joueur y eſt pris. Hoffman dit fort bien :

Vous ſavez mieux plaire & ſéduire,
Vous ſavez aimer mieux que nous;
Vous avez le regard plus doux,
Vous avez un plus doux ſourire.
Mais, pour completer notre empire,
Et nous mettre en tout après vous;
Mesdames, il faut encore dire,
Vous ſavez mieux tromper que nous.

Ne ſont-ce pas les femmes, qui ont rendu fou le plus ſage de tous les hommes ?

C'eſt ici qu'on peut apliquer avec raiſon ces belles paroles : *Infirma mundi elegit Deus, ut confundat fortia.*

Le Duc d'A . . . ., ancien Evêque de L . . . . . . agit à peu près comme

Salomon : l'amour, qu'il eut pour les femmes étrangeres, le fit apoſtaſier. La loi, qui défend aux ecléſiaſtiques de converſer avec les perſonnes du ſéxe, eſt préciſement ce qui fait qu'ils s'y livrent à corps perdu. Ils en deviennent plus ardens à les rechercher, plus impudens à les pratiquer, plus foibles pour leur réſiſter. *Nitimur in vetitum nefas.*

Eſperons, mon ami, que la ſainte Egliſe romaine ouvrira bientôt les yeux ſur ces déſordres de ſes enfans ; & qu'elle redonnera, à ſes pieux Miniſtres, le pouvoir du *creſcite & multiplicamini,* qui a éte ſi généreuſement acordé à tous les hommes, dès l'inſtant de la création ; ſans qu'ils aient béſoin de labourer une terre étrangere. *Amen*!

Fin de la premiere partie.

www.ingramcontent.com/pod-product-compliance
Lightning Source LLC
Chambersburg PA
CBHW061446030726
47503CB00005B/1588